古诗词中的绝美情书

邂逅古诗词里最美的爱情

卿一 编著

长江出版社
CHANGJIANGPRESS

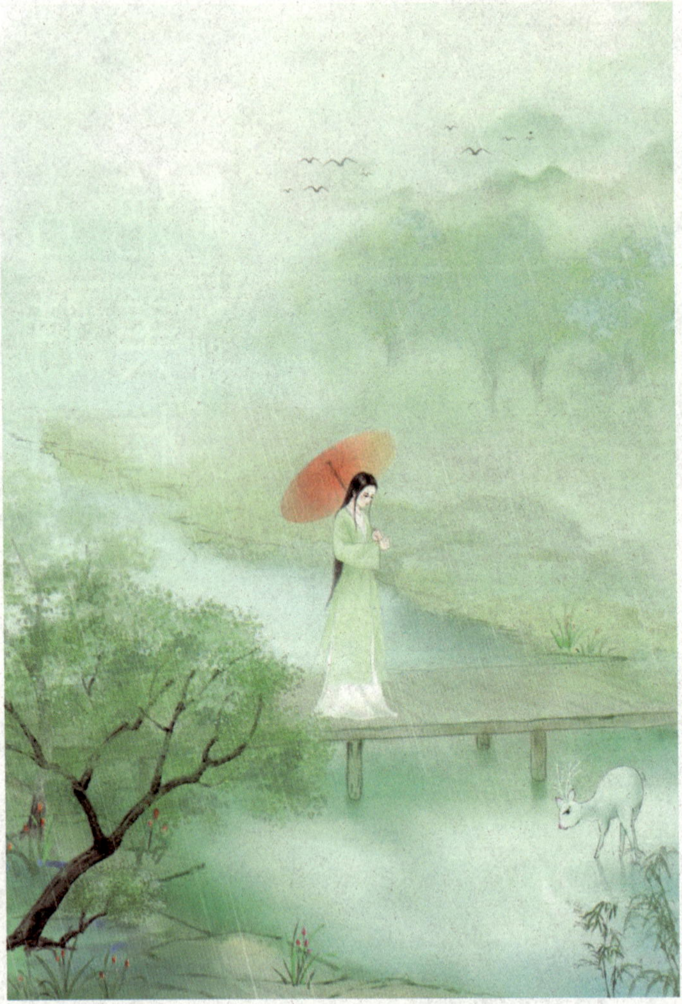

目录

序言　/　001

第一辑　人生自是有情痴

所谓伊人，在水一方——求爱　/　002

窈窕淑女，君子好逑——相思　/　009

一日不见，如隔三秋——等待　/　015

今生生死与共，永远如初，此台以为证——曹丕与郭氏　/　022

生当复来归，死当长相思——苏武别妻　/　030

一日不见兮，思之如狂——司马相如与卓文君　/　038

愿得一心人，白头不相离——司马相如与卓文君　/　046

第二辑　只为一人饮尽悲欢

问君能有几多愁，恰似一江春水向东流——李煜与小周后　/　054

山上桃花红似火，双双蝴蝶又飞来——梁山伯与祝英台　/　063

人面不知何处去，桃花依旧笑春风——崔护与绛娘　/　074

侯门一入深似海，从此萧郎是路人——崔郊与婢女　/　086

曾经沧海难为水，除却巫山不是云——元稹与韦丛　/　094

此情可待成追忆，只是当时已惘然——李商隐与宋华阳　/　102

第三辑　相思年轮刻入骨

人比黄花瘦——李清照与赵明诚　/　110

伤心桥下春波绿，曾是惊鸿照影来——陆游与唐琬　/　120

心似双丝网，中有千千结——张先与小尼　/　131

衣带渐宽终不悔，为伊消得人憔悴——柳永惜别　/　138

犹恐相逢是梦中——晏几道的怀念　/　146

锦瑟华年谁与度——贺铸与妻　/　154

第四辑 人生若只如初见

不思量，自难忘——苏轼与王弗 / 162

此心安处，便是吾乡——苏轼与王闰之 / 170

不作巫阳云雨仙——苏轼与王朝云 / 177

不见又思量，见了还依旧——李之仪与胡淑修 / 185

只愿君心似我心，定不负相思意——李之仪与杨姝 / 195

把酒送春春不语，黄昏却下潇潇雨——朱淑真的爱情 / 203

酒入愁肠，化作相思泪——范仲淹与甄金莲 / 214

第五辑 陌上花开缓缓归

留他无计，去便随他去——柳如是和钱谦益 / 222

人生若只如初见——纳兰性德与卢氏 / 235

旷古绝恋清凉山——顺治帝与董鄂妃 / 243

相思了无益，悔当初相见——朱彝尊与冯寿常 / 254

曾诉幽情立烟屿——乾隆和富察皇后 / 264

似此星辰非昨夜，为谁风露立中宵——黄景仁与表妹 / 272

3

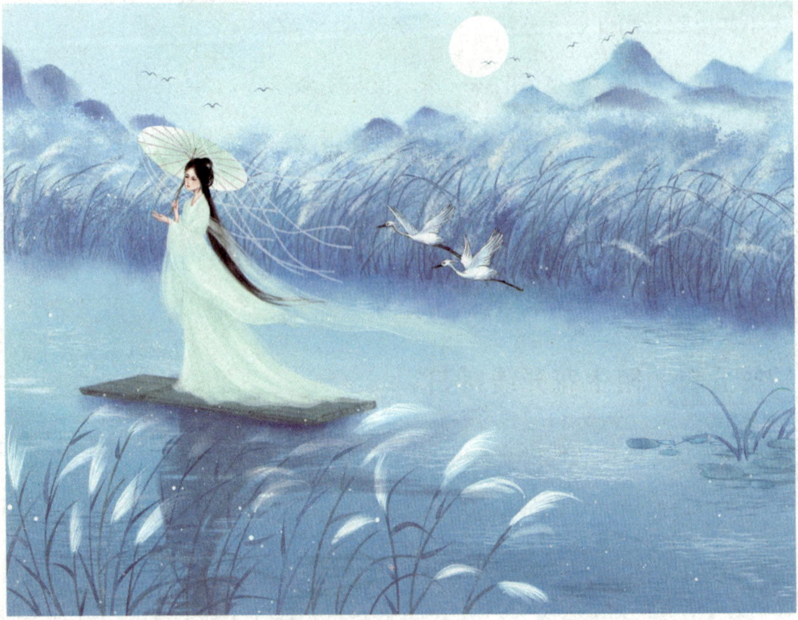

序　言

"问世间，情是何物，直教生死相许。天南地北双飞客，老翅几回寒暑。欢乐趣，离别苦，就中更有痴儿女。君应有语，渺万里层云，千山暮雪，只影向谁去？"爱情，它神秘又平凡，它不断被探索，又不断被解答，但永远没有人能触摸到它的真谛。

爱情，是一场修行，古往今来，多少风流才子虽醉倒其中，却从没有人敢说已将它彻底参透。它仿佛是一粒裹着尘埃的黄金，被置于岁月的长河中不断洗涤着，当有缘人有幸寻获到它时，便会发出绚丽夺目又神秘的光芒。

拨开数千年前岁月的云雾，似可窥见古诗词里荡气回肠的爱情故事。"从前车马很慢，书信很远，一生只够爱一个人"，那些时代没有现代的繁华与喧嚣，人们在缓慢的节奏中坚定地相爱、相守，彼此都以一颗真心赤诚对待。

跨越千年，恍然如梦，原来今天仍苦苦追求的"愿得一人心，白头不相离"的寻爱之心，早在千百年前就曾炽热，其中有"一日不见兮，思之如狂"的浓烈，也有"生当复归来，死当长相思"的一往情深，更有"曾经沧海难为水，除却巫山不是云"的格外钟情。

"从别后，忆相逢，几回魂梦与君同。今宵剩把银釭照，犹恐相逢是梦中。"爱情绽放的时候虽绚丽无比，但其中也深藏世态百味。"衣带渐宽终不悔，为伊消得人憔悴"，爱情从那个时候开始，便已然刻骨铭心。

断肠情句"相思了无益，悔当初相见"悲叹相逢，是何等痴情无奈。而"侯门一人深似海，从此萧郎是路人"又蕴藏着怎样的痴恋却离别的决绝之苦。

爱情，从来都是一种让人欢喜又神伤的情愫……
它来时，好好珍惜；不来，不必强求；走时，珍爱自己。

本书是一把通往古人爱情往事的密钥，会带着每位读者重温那一段段如泣如诉的爱恋，窥见一场场荡气回肠的爱恨别离。

如果你还在寻觅求索到底什么是真正爱情，它到底存不存在，那么这本书将力证，爱情在古时就曾娇艳盛开。你也会发现诸如"我欲与君相知，长命无绝衰"之类的诗词，写的是何等痴情男女，那坚如磐石的誓言、炽热如火的承诺，都将逐一呈现在你面前……

穿越回时光隧道，在古人的爱情琥珀中释然自己的躁动与烦忧，与他们荡气回肠的爱情史诗同频悸动，也许你会惊奇地发现，故事里的主角，是你，是我，更是我们……

第一辑

人生自是有情痴

所谓伊人,在水一方
——求爱

一切成全,皆是爱情的模样。可言语却不能形容它美妙的万分之一。言传不如意会,意会不如体会……

蒹 葭
〔先秦〕佚名

蒹葭苍苍,白露为霜。所谓伊人,在水一方。
溯洄从之,道阻且长。溯游从之,宛在水中央。
蒹葭萋萋,白露未晞。所谓伊人,在水之湄。
溯洄从之,道阻且跻。溯游从之,宛在水中坻。
蒹葭采采,白露未已。所谓伊人,在水之涘。
溯洄从之,道阻且右。溯游从之,宛在水中沚。

大片的芦苇青苍苍,清晨的露水凝霜。我的心上人,就在河水的那一方。

我逆流而上去追寻,道路崎岖又漫长。顺流而下寻觅,心上人仿佛在河水中央。

芦苇丛生，晨露未干。我魂牵梦绕的人，就在河水对岸。

我逆流而上去追寻，道路坎坷又艰难。顺流而下寻觅，心上人仿佛在水中小岛上。

芦苇连绵，晨露已干。我苦苦追求的人，就在河岸一边。

我逆流而上去追寻，道路弯曲又艰险。顺流而下寻觅，心上人仿佛在水中小滩上。

深秋已下凝露，清晨更添新霜。在幽幽静谧的芦苇河边有一位翩翩少年郎，他伫立凝望着河的对岸。那里，有位少年郎的心上人。对少年郎而言，这位心上人可比眼前的美景要动人成百上千倍。

透过晨曦，在河水的那边，隐约可见一个美丽、温婉的女子正在河边浣洗衣裳，她轻轻拍打衣裳，手臂高抬轻落，纤纤玉指柔似柳，皙皙玉肩惹人醉。

此时少年已经被深深吸引，他伫立不动，呆若木鸡。她好似风景画里的绝艳美人，亭亭玉立、楚楚动人。刹那间，一种莫可名状的情愫在少年心头荡漾开来……她还不知道他在看她，他好像也不确定为什么会被深深吸引，可就是情不自禁地想看向她。

两个人之间，虽只隔着一条河，可此时对于有情人来说，这条小河却像天上的银河那般宽广，彼此相望却不能相见，我在这头，你在那头……

他终是忍不住想要来到意中人面前吐露心声，可是小河的对面看似很近却又很远。

他逆水前行，身未动心已远，如若见到心上人时要如何开口呢？她是会羞涩地掉头跑掉，还是会笑靥如花地接受自己？这样想着想着，眼看着心上人原本似在水的中央，却仿佛又到了河对岸。

他逆水前行，身已动意已远，来到心上人面前，她会问自己些什么，自己又该如何作答？如果她问自己为何逆水而来，直接表白是否过于唐突呢？这样想着，眼看心上人刚才在水对岸，此刻又好像伫立在河水中的小岛上。

他逆水前行，身已动情已远，如果向心上人说明自己的心思，她却已经心有所属怎么办？她会对自己另眼相看吗？这样想着，眼看心上人方才还伫立在小岛上，此刻却仿佛已站到了河水中的浅滩上……

爱情，就是这般忽远忽近，让人捉摸不透又难以割舍。

万千世界，人海茫茫，恰好在这个清晨，他出现得没有早一点，她出现得也没有晚一些，两个人就这样相遇了。透过缭绕的迷雾，少年遥遥望着姑娘美丽的身影，他难以清晰地看清心上人的模样。可越是朦胧就越想看清，于是不顾一切逆水前行，却在临近眼前时，内心生怯了。

在不知不觉间，他陷进了爱情的旋涡，此刻他仿佛不能完全控制自己，他的呼吸心跳变得紧张而急促，仿佛眼前的心上人才是他生存下去的能量。少年对一河之隔的少女意往神驰,他沉浸在她美丽的倩影中不可自拔,无时无刻不期待着与之相见,相守。

流行歌《漂洋过海来看你》中,表达了这种深爱而小心翼翼的在意:

> 我连见面时的呼吸
> 都曾反复练习
> 言语从来没能将我的情意
> 表达千万分之一

在你面前,我的语言开始变得笨拙,因为深知它不能将我对你的情意表达出千万分之一。不见又思量,见了还依旧。想你的心情并不能因为多看了一眼而减弱半分。愈看愈爱,愈爱愈浓,爱你就像踏入一片未可知的沼泽,明知道是沦陷,却不可自拔得心甘情愿。

与之韵味相似的还有徐志摩的《再别康桥》:

> 轻轻的我走了,
> 正如我轻轻的来;
> 我轻轻的招手,
> 作别西天的云彩。

徐志摩对这座康桥的"守候",成就了文学史上的一抹经典。而他的多情,让他爱上了"软泥上的青荇",他看到它柔柔地在水底晃动,那"波光里的艳影",在心头荡漾。

徐志摩对林徽因的遥望,也曾始于初见心动。他乱了方寸,也曾让感性代替了他的所有理性。

一生至少该有一次,为了某个人而奋不顾身,或许不求有结果,不求同行,不求曾经拥有,甚至不求你爱我,只求在我最美的年华里,遇到你。

然而起于情,止于礼。康桥的柔波再美,他远远地望上一眼便已知足,她自顾自的美丽,他独守他的相思。谁能说这不是爱呢?

一切成全,皆是爱情的模样。可言语却不能形容它美妙的万分之一。言传不如意会,意会不如体会……

显然,河这边的翩翩少年,他已慢慢靠近了爱的光晕。

此后的清晨,熟悉的身影总会出现在晨曦之中,痴痴地守望着心爱的姑娘。直到某一刻,迷雾散开,阳光迸射进来,美丽的姑娘在河对岸冲着他微笑。

心动与花开,都是刹那间。

现代也不乏旷世之恋,纪梵希对奥黛丽·赫本情深似海,守候了心上人一生。纪梵希终身未娶,却爱了赫本一辈子。赫本最贴身最美丽的嫁衣,便由纪梵希亲手制作。他看着心上人穿上自己最心仪的嫁衣，美得如同天使一般，也自然是心满意足，可他从一开始就知道，新郎不是他。

但那又怎样？新娘是赫本，赫本是他最爱的人，这就够了。

赫本临终前，想要再度返回瑞士。纪梵希用自己的私人飞机送她。飞机里，装了满满的赫本喜欢的鲜花。

赫本去世前，将生前最喜欢的一件粗呢大衣送给纪梵希，她告诉他："觉得孤独时，穿上这件大衣，就好像我紧紧拥抱着你。"纪梵希果然紧紧抱住赫本，他风趣地说："那件大衣的同款一直挂在我家的柜子里。"

1993年，赫本永远地离开了。纪梵希面色凝重，亲手扶棺送最爱的人入土为安。

爱情，如果有幸两情相守，便要珍惜那一分一秒。如果只可远远欣赏，那也是对自己心中那份爱情的致敬——你爱着心上人，与心上的他/她无关，却与己有关。

普希金在诗歌《我曾经爱过你》中颂道：

我曾爱过你，
或许，爱情。
在我的内心从未消逝，
希望你不被它所困扰，

我也不愿看到你悲伤。
我曾深深地无望地爱过你,
既忍受着怯弱,又无惧嫉妒。
我曾温柔专一地爱过你,
愿上苍庇护你,
让你遇到一个人如我这般爱你的人。

也许你的心上人永远不知道你在远处默默地守候着他/她,或许他/她已经心有所指,正如你热烈地深爱他/她一般,把深情赋予了另一个人。

爱教会了一个人忍耐和坚强,虽爱而不得的孤独和痛苦随时可能会让你崩溃,可执着的人们永远不会被吓退。

人们怀揣着对爱情的渴求,希冀着最终会成为驾驭爱情的主宰者,而不是堕入它的深渊。若想成为主宰,必要体悟出——真正的爱情是陪伴,也是成全。

窈窕淑女，君子好逑

——相思

爱情，是一种拥有对方还觉不够，生怕眨眼间时光被按下快进键，想嵌入对方心头的感受。

关 雎

〔先秦〕佚名

关关雎鸠，在河之洲。
窈窕淑女，君子好逑。
参差荇菜，左右流之。
窈窕淑女，寤寐求之。
求之不得，寤寐思服。
悠哉悠哉，辗转反侧。
参差荇菜，左右采之。
窈窕淑女，琴瑟友之。
参差荇菜，左右芼之。
窈窕淑女，钟鼓乐之。

关关和鸣的雎鸠，在河中的小洲相濡以沫。那美丽窈窕的淑女，与谦谦君子刚好是一对。

参差不齐的荇菜，在船的左右两边去摘它。而美丽贤淑的女子，辗转反侧都想拥有她。

然而求不到佳人允诺，无论白天还是夜里就更加思念她。长长的夜长长的思念，更难入睡。

参差不齐的荇菜，在船的左右两边去采它。而美丽贤淑的女子，奏起琴瑟来吸引她。

参差不齐的荇菜，在船的左右两边去拔它。而美丽贤淑的女子，敲起钟鼓来取悦她。

一首《关雎》，重现了爱情最纯真的模样，因求而不得引致的夜不成眠，竟然也如此动人、美好！

我们虽无法获悉此诗篇的作者是何许人也，但求得爱情的心情却古今相通。诗中人的经历也仿佛发生在我们自己身上，满腹心事，茶饭不思，这一切皆因心底那个人而起。

那位河中的妙龄少女，她年轻美好，曼妙的身姿倩影如花，她早已映入了别人的眼里。她专注地采集着荇菜，天真烂漫，面若桃花，这般美好令人心动得不禁醉了。

孔夫子对《诗经》尤为钟爱，其中对这篇《关雎》更是饱含深情。他谓之"乐而不淫，哀而不伤"。这首《关雎》还原了自古及今爱情最本真的模样，自古有情人终成眷属的爱情固然美好，爱情最本真的面貌更是让人心醉。

不论结局，不论过程，单单是这种情愫就令人感觉到美好，让人深陷其中，无法自拔。

世间有一人，能让你、能值得你怦然心动，那是多么美好的一件事。爱情让人措手不及，往往还不曾做好准备就已经深陷其中，难以自拔到无药可救。

诗中少年见少女温柔地采集荇菜，他多想此刻自己就是她手中所采之物，以便得到她的片刻温存。原来，爱上一个人，就会在不知不觉中丢失自己，随着心上人的一颦一笑、一举一动而心绪变幻。

一天天的守候，终于让姑娘发现了自己的存在，他既兴奋又紧张。在猜想姑娘会不会因此而心生喜悦或生气，自问自答之中，他就已经深深陷入了对心上人的情思之中。

正这样想着的时候，他的目光又刚好与姑娘相遇，大脑的运转似乎瞬间停止，他准备好的话此刻全都僵凝在身体里面，只能目不转睛地望着姑娘，一抹柔情被紧张的呆滞所掩饰。姑娘见状，心生笑意。

她快速从他身边拂去，只留下淡淡的胭脂香。不过短短数十米，却犹如一生一世那么漫长，时光好似偏爱这美好的瞬间，一下子定格在此刻。

他只能回头张望，看着姑娘美丽的倩影怅然若失，这段爱情仿佛还没开始，就已经结束了，这热烈的情感宛若只是他一个人的心事。

透过这首《关雎》，我们有幸看到最美的单相思，它如同散发阵阵淡淡清香的露珠般纯洁无瑕。

我们更注重相思所带来的结果——终成眷属或"潇洒转身"，却鲜有人体味相思之中和之后的滋味。

想念会让你坐立不安，体会不到任何一种休憩带来的舒适；也可能让你辗转难眠，不管多么困乏也辗转反侧难以入眠；更可能暂时封闭你的快乐，让你在面对一切欢愉时都兴致索然。

任时光游走，只要思念这种感觉充斥在你的生活之中，都会变得愈发浓烈且回味悠远。哪怕这是一场单相思的暗恋，也否定不了你将是那终有所获的人这一事实。这种感觉的发生不受限于年龄、职业与身份。

《关雎》之中的少年郎，一朝遇到爱情，想要按捺自己的心动，也是心有余而力不足。那美丽的姑娘仿佛有一种引力，又有一种抑制力。

她让少年无法再压抑情感，想要勇敢表白于她。可见到她时少年又大脑一片空白，只能任时光游走，以身体僵凝收场。他预想的情景绝不是这样，但的的确确在爱情即将来临时怯了场。

爱情燃起一团烈火，炙烤着他，他只怪自己没有在离她最近的时候，风度翩翩地倾诉衷肠，或是干脆将这份感情掩埋彻底放弃，也便没有了今天的狼狈，也许姑娘还能对他留有一个美好的印象。他在无数的设想和自责中自我懊恼着。

然而，爱情来时，是任何人都难以抵挡的！所有理智可以支配的一切都在爱情面前形同虚设。最后经得起岁月磨炼的，一定是未加修饰的真心真意。初心不改，真心不移，就是爱情最好的模样。

少年郎也无须过于自责，姑娘的快步离开，正是她的羞怯所在。面对你的一时懵懂无语，她怎好过多停留？这并不代表你与爱情彻底失之交臂。淑女矜持惹人怜，她的躲闪正凸显你辗转求之的可爱。

《关雎》中所流露的爱情，即使至今也不过时。男子渴求的是与淑女结为良缘，女子则希望所遇君子足以托付终身。

当人们求爱而不得时，便会伤神伤情。当人们迎来爱情时，则感觉天高海阔，世间万物可亲可爱。

然而，爱情却往往会让人陷入两难境地，在这条唯美的求爱之路上有时荆棘遍布。但爱情的可贵与迷人之处，恰恰如此，让人在经历了坎坷之后依旧勇敢。

爱情的美，正在于忍着、藏着、义无反顾着……

这个话题，自古便已被诠释得淋漓尽致，可是历经岁月冲刷，至今仍然美妙得让人不可名状。我们穿越历史所能窥见的，是和我们今天一样的忐忑和美好，这恰恰是爱情让人不可自持的一部分。

白居易的《长恨歌》有云：

骊宫高处入青云，仙乐风飘处处闻。
缓歌慢舞凝丝竹，尽日君王看不足。

好一个"尽日君王看不足"!帝王之爱,与百姓之爱有何分别?在爱情面前,都是一往情深!

直到他们历经坎坷却必须天人永隔之时,这份深情才有了结局:杨贵妃死在马嵬坡,她甘心死在心上人的手里,而唐玄宗则痛心不已。

爱情如果是一件说一不二的事情,世间怎得痴情男女,哪有所谓的千古流传呢?

唐代《铜官窑瓷器题诗二十一首》有云:

君生我未生,我生君已老。
君恨我生迟,我恨君生早。
君生我未生,我生君已老。
恨不生同时,日日与君好。
我生君未生,君生我已老。
我离君天涯,君隔我海角。
我生君未生,君生我已老。
化蝶去寻花,夜夜栖芳草。

怀揣着对一个人的相恋求而不得,却依然说服不了自己放弃这份执意,甘愿将两个人的故事演绎成孤单的独角戏,我的世界,始终与你无关……这又何尝不是爱情的滋味?

一日不见，如隔三秋
——等待

爱情，终因世事万千而纷然杂陈，从而衍生出相爱不得、爱而不能、守候而不得、等待而无果等种种结局，但是爱情中关于"我爱你"这件事，本真的模样却是古今相通。

王风·采葛
〔先秦〕诗经

彼采葛兮，一日不见，如三月兮。
彼采萧兮，一日不见，如三秋兮。
彼采艾兮，一日不见，如三岁兮。

正采葛草的你啊，我一日见不到，就像过去了整整三个月。
正采葛草的你啊，我一日见不到，就像过去了整整三个季节。
正采葛草的你啊，我一日见不到，就像过去了整整三个春秋。

原本寻常的一天被思念填满，作诗之人埋怨那阳光升得太慢，夕阳西下的影子太长，只因为见不到最心爱的姑娘。一首

《采葛》，文字虽简约，其中表达的情感却炙热无比，寥寥几语便道出了古往今来那极致的相思。

任姑娘你风姿绰约也好，平凡无奇也罢，但情人眼里出西施，在诗人眼里纵使天仙也无法比拟你的美丽与可爱。只有你是那烦忧的解药，也只有你是那抚平燥热内心的冰泉。

温庭筠的《望江南》有云：

梳洗罢，独倚望江楼。
过尽千帆皆不是，斜晖脉脉水悠悠。
肠断白蘋洲。

精心梳洗打扮，独自倚靠在望江楼上向远处眺望。眼看着翩翩风帆过尽，千只船儿上都没有我最思念的归人。只有落日余晖含情凝望着悠悠江水，漫长的等待令人愁肠寸断，精心梳洗的装扮此刻也极为多余。

炙热的等待和期盼换来的只有伤心失望的空落落，这对相思之人的折磨，是何等无情。

影视剧《芈月传》中黄歇和芈月互为初恋情人。

黄歇，字子歇，楚国名士。他等了月儿一辈子，月儿都没有赴约。子歇的等待是漫长的、心碎的，是嘴上说着释然心里却不敢再提的。

月儿与子歇，在楚国度过了美好的初恋时光，那是他们一生中最铭心刻骨的一段岁月，互相拥有，想见便看得到。两小无猜、青梅竹马的年少时光早已为两人的相恋作好序曲。初恋的美妙让两人私订终身，非卿不娶，非君不嫁。他是她内心的温暖避风港，她是他一世不忘的白月光。

然而造化弄人，月儿几经辗转却嫁给了秦国的大王，一朝入宫，成为宠妃。至此，子歇再不能与月儿听风、赏雪、看月，他们的纯情时光自此一去不返，可曾经的誓言却炙热滚烫。

子歇跋山涉水周转各国，找到了他当年的月儿——如今的秦国宠妃，更是一个身怀六甲的母亲。两人在宫外相见，来不及诉说多年思念，月儿已哭成泪人，而子歇硬是将泪水噙在眼里，眼见昔日心爱之人如今已成他人宠妃，不禁心如刀割！

可是爱一个人能怎么办？他全然不在乎，只要月儿与他心意相通。

他约她当晚子时在城外相见，一并远走高飞，他更承诺："我必将善待你腹中孩儿，将他视如己出。"

分别后，月儿回宫收拾行李，却念起秦国贤王对自己的好，这分明是腹中孩子的爹爹，血浓于水，叫她如何走得动？城里距城外数十里而已，对眼下的月儿来说却是相隔千里，双腿却因内心充满负疚而重如千斤。

子歇踱步，眼看着约定的时辰已过，他心心念念的月儿却不见身影。最终月儿失约，留子歇独自在夜里等候……子歇俨然明白了一切，他独自于黑夜中怅然若失。

想必子歇当时的心情，便如历三秋兮，可这三秋兮，却未换回佳人归期。

然而子歇之爱却没有遗憾，他也不悔恨，自始至终认为心上人值得自己钟情等待。他的独自等待在旁人看来异常悲苦，他自己却从未因此而后悔与月儿相识相知，即便没有月儿的赴约，因为那已然成了他一个人的爱情。

然而，子歇的念念不忘却迎来了回响。

十年后，秦王去世，月儿母子逃亡。子歇与月儿再次于他乡相遇。如果彼时的身份和贤王的情义，让月儿割舍不下，不忍辜负，那如今身心俱疲、无依无靠的月儿，却亟待有一个港湾。这时子歇站了出来，邀月儿和他一同回到楚国。如果月儿能和他一起回去，他不会怠慢她的孩子，更会与她倾情相守。

月儿思前想后，点头同意。却不想，此时再次迎来命运的转折，情感的坎坷。

秦王遗诏要月儿光复大秦盛世，月儿再一次陷入了两难境地，毕竟她对初恋情人子歇已经辜负得太多太多。

第二天一早，子歇早早在门外备好车马，他等待心上人与他同归故国，虽然此时他们已不再年轻，但情义不老，等待不止。

然而未曾预料，月儿踏门而出，眼中含泪转身上了秦国使者的车马。至此，子歇的十年等待再次落空。

他声嘶力竭地呼唤月儿,伤心绝望地留在原地。

至此一别,终老时方得再见。

子歇一直不曾娶妻,于他来说,虽知月儿不会再归,但却心如磐石,依然无人可取代月儿在他心中的地位。宁愿空守,也不愿将就,这就是爱情的模样。

这是子歇一个人的爱情,一个人的等待,一个人的成全——"世界上最美的情书,是你的名字"。

求爱,是天性使然,而等待,则是为了让自己的爱情更加真挚、纯粹。即便这结果不如人意,但拥有那美妙过程已然足够。

子歇一生未能真正拥有月儿,但他又一生未让月儿从自己的心中离去,这也许是他自己守卫爱情的一种方式,虽然有些许悲壮,却是他离她最近的办法。

阿鲁阿卓在由陈涛作词王备作曲的《西风》中如是唱道:

我今身披彩衣
我见繁花如许
我嫁与山河千乘万骑
我却追忆孩提
想过无猜无忌
想与云梦相许
想任你劫夺红尘知遇

永生不得离去

西风向

孤独的人吟唱

是谁在

拿捏心里的伤

将欢情

推离片刻时光

琴箫已在

夜中央

……

爱情，终因千头万绪而错综复杂，从而衍生出相爱不得、爱而不能、守候而不得、等待而无果等种种结局，但是爱情中关于"我爱你"这件事，本真的模样却是古今相通。

"想任你劫夺红尘知遇，永生不得离去"，其间大有不顾一切任有情人终成眷属之意，希望心上人能劫得我的红尘相遇，永生再不离去。

一遇浓情，一爱便是一生。人们对于爱情的向往，总是执着到令人感动又感伤。

想见而不能，想惜而不得，焦灼失望早已溢于言表。"长相思，长相思。若问相思甚了期，除非相见时。长相思，长相思。欲把相思说似谁，浅情人不知。"（晏九道《长相思》）明明是一往情深，却奈何情深缘浅，思而不见，想而不得，没有灵丹妙药可一解相思之苦，只怕相见之时即是结束之时。可是这一往情深，却只有情梦中人才能懂。

相思不解，古往今来并非鲜事，单思之心，并不孤独。席慕蓉有诗《月桂树的愿望》：

> 我为什么还要爱你呢
> 海已经漫上来了
> 漫过我生命的沙滩
> 而又退得那样急
> ……
> 山依旧 树依旧
> 我脚下已不是昨日的水流
> 风清 云淡
> ……

人们对爱情的无可奈何，对相思不得的无法自拔，在有情人的绵绵情意之中尽显，而爱情亘古不变的奇妙也便在此。与它有关的故事无不透露着眷恋、伤情与柔情。

今生生死与共，永远如初，此台以为证
——曹丕与郭氏

惊鸿一瞥，百世沦陷。你却来得轻风细雨，我眉上风止，且诺你此生看尽月落重生灯再红。

燕歌行二首·其一
〔东汉〕曹丕

秋风萧瑟天气凉，草木摇落露为霜，群燕辞归鹄南翔。
念君客游思断肠，慊慊思归恋故乡，君何淹留寄他方？
贱妾茕茕守空房，忧来思君不敢忘，不觉泪下沾衣裳。
援琴鸣弦发清商，短歌微吟不能长。
明月皎皎照我床，星汉西流夜未央。
牵牛织女遥相望，尔独何辜限河梁。

天气在瑟瑟的秋风中渐渐转凉，草木凋零，白露已然凝结成霜。秋燕纷飞，天鹅南去，在这个萧瑟的时节它们振翅高飞。

想起不知归期的心上人，思念如丝让人肝肠寸断。忍不住伤感思虑，似乎只有故土能让心安宁。可是心上人又为什么迟迟不肯归来呢？

只留我一人孤孤单单的空守闺房，往事却历历在目，愈思愈愁，愈愁愈思，你分分秒秒占据我的心头。不知不觉间就泪水涟涟，悄悄地打湿了我的衣裳。

拿过古琴，抚弄琴弦，不晓这平日里的燕语呢喃此刻却是丝丝哀怨。歌不成歌，调不成调，不想停下，任这思念折磨得我缴械，无法继续。

皎洁的月光照着我的空床，星河沉沉向西流淌，忧心不能眠夜更漫长。

看天空中牵牛织女远远地互相观望，你们究竟有什么罪过，被这银河所阻挡。

东汉末年，曹丕还是年少时，就已经与郭氏相见。

那时郭氏的身份还是低微的小婢女，传奇的是，郭氏在二十九岁时才入选东宫，在此前她已与曹丕朝夕相处陪伴多年，可见是日久生情，历尽千帆后的情投意合。

郭氏的人生经历堪称传奇，她与曹丕初见之时，只是低微的婢女。郭氏并非出身即为奴。其父郭永曾为朝廷要臣，官至南郡太守，家中兄弟姐妹五人，是名副其实的大户人家。

在郭氏很小的时候，父亲就和她反复讲起——她出生时彩霞当空，天生异象。亲朋好友前来祝贺时均纷纷预言——此女不凡，将来必定荣耀门楣，为家族带来红运！

郭父听了颇为得意，从小就格外注重对女儿的培养。

郭氏虽然出生在官宦之家，家境也算优渥，但古时还是很少有为女子请教书先生的。父亲则坚信女儿命运不凡，不仅让她和其他兄弟们一起学习，还特意为她请了先生，她在学习上课时，其他姐妹却在后院快乐地荡秋千玩耍。

郭父满意地点着头："此乃吾女中王也。"意思是他这个女儿绝非普通女孩子，乃人中龙凤，日后必能成大器。此后"郭女王"的别称也半戏半真地加在了郭氏的头上。

然而好景不长，时政多变。天下终未定，战乱一触即发。郭氏幸福的家庭便葬送在了战乱中，父母双亲和兄弟纷纷殒命。她万分悲痛，却来不及为最深爱的家人立灵牌，无奈地在烽烟战火中踏上逃亡的征途，艰难程度可想而知。

是时，郭氏过起了颠沛流离的生活。她辗转盥洗局务工，在戏班子后台打过杂，也在小饭馆做过柴火丫头。

直到有幸遇到大户人家招婢女，机灵的郭氏一举应试成功。只是最初的应试之地却并非后来的曹府，而是与曹府颇有交情的侯府。两府私交尚可，侯府看郭氏机灵，便将她送给了曹府，她的命运也便从这里开始改写。

曹丕府上此时已有贤妻，那是一位集万宠于一身的绝代佳人——甄氏。

她出身高贵，不仅貌美，且性情温淑，照顾起曹丕的生活起居一点儿也不含糊。身为曹丕明媒正娶的正室夫人,她自知贤淑良德乃女子第一品质。

此时郭氏是何许人也,曹丕尚不清楚,更不可能对一个婢女产生过多心思,他甚至不知道府上有一个机灵的小丫头,更无法预知这个小姑娘,在未来将成为他人生的红颜知己、政坛上的左膀右臂,让他一生一世都不愿舍弃。

曹丕毕竟身涉政坛,每天忧思政务。郭氏进出书房时经常见曹丕手撑眉头,轻按太阳穴。一来二去,细心的她便改了以往送到书房的提神凉茶,换为滋养安神的参茶。

曹丕端过茶杯,还不等郭氏提醒便喝了一大口,茶微烫,曹丕皱眉,一口喷出,落在书桌上的笔墨纸砚处。

郭氏大惊,连忙为曹丕擦拭,迅速清理好书桌后,她立即请罪:"见公子揉太阳穴,想必是思虑过度,奴婢本心是换盏养生茶助您缓释疲劳,却不想弄巧成拙,请公子责罚。"

曹丕从未注意过府上有这样灵动的丫头,她看起来不过十几岁的样子,齐腰长发顺着她低下的头滑落,楚楚动人。虽然服侍的动作看上去娴熟,却和其他下人不同,一举一动颇有大家闺秀的风范。

"无妨。"曹丕擦了擦眼前的书页,片刻又说,"你可识字?"

"略懂。"她施礼答道,举手投足间气质不凡。

"明日开始便来书房伴我读书吧。"说罢,曹丕又品了品茶。

曹丕贤妻甄氏虽然是出众的美人，但却不懂政治。这也注定她只能作为曹丕生活上的爱人，却做不了他的知己，更成不了他征服天下的助力。

而郭氏聪明绝顶、机敏沉着，她作为曹丕的书房伴读再合适不过。这个明明原本入不了曹丕的眼的普通婢女，在陪曹丕书房伴读的岁月中渐渐被曹丕重视。

曹丕发现与她探讨古往今来，她都能应对几分。他知道这样有才华的女子并不多见，于是尝试探讨时政，发现小小婢女也颇有见解，且阐述起来头头是道、有理有据，并非信口开河。

有才华的人是发光的。渐渐地，郭氏在曹丕眼里变得不再是普通的婢女，虽然姿色比不上贤妻，但是魅力和光芒在曹丕的内心不断地提升。

渐渐地，郭氏开始为曹丕出谋划策，而曹丕与她分享探讨的时政也愈加敏感机要，她甚至参与到曹丕对于皇位的争夺谋划之中。时光游走间，曹丕早已将郭氏视为知己。

虎父无犬子，曹操在选择继承人这件事情上，让众多儿子之间产生了骇浪惊涛般的权力争夺。其中曹丕与曹植两兄弟争斗最为激烈，著名的七步诗便在此时诞生：

煮豆燃豆萁，豆在釜中泣。本是同根生，相煎何太急？

最终，还是曹丕被立为嗣子，一步步步入了权力的巅峰。这其中当然不乏郭氏的陪伴和助力，她日夜伴于曹丕身边，与他分析时政局势，让他如虎添翼。

而与此同时，甄氏却只能做一个看客，即便她深爱夫君，却不能在其谋划江山时有所贡献，两个人的关系也逐渐被打破，相行渐远。

历经时光洗刷，曹丕终被郭氏的才华、机智所深深折服，这个当年略显青涩羞赧的小姑娘此时也成为风姿绰约的成熟美人。她不仅有娇媚的容貌，且才情过人，见解独到，是不可多得的才女。

郎情妾意，天助良缘，29岁的郭氏终于嫁给了曹丕，这个日后为王的男人比她小3岁，却对她宠爱有加。

郭氏入东宫之日，曹丕豪饮三百杯，金履微摇地踏进房间。这对璧人更是早有深情，今日只是求得完满。

曹丕酒兴正浓，端起酒杯递给郭氏。郭氏今天格外娇艳，头上的步摇在烛光之下闪闪发光，更添妩媚。她接过酒杯，含情脉脉地望着曹丕，一抹娇羞含笑，令曹丕心动不已。

两人举杯，曹丕一饮而尽。温柔地握住郭氏的手，他仔细瞧着眼前的佳人，释然感叹："游走许久，终于得爱如你，红颜如你。"

公元220年，曹操病逝，曹丕即位为魏王，封郭氏为夫人，一朝从妾转为妻，这其实已是越位册封。

一代英豪曹丕心怀天下，并未止步于魏王，他想要征服天下，取代汉室。

征服天下之路难免坎坷，但比起妻子生活起居的照料，他更需要精神上的协助，甚至是谋略上的共鸣，于是便带上郭氏前往洛阳，留正妻甄氏在邺城打理家务。

曹丕争霸天下，当年称王，同年称帝，建立魏朝，史称魏文帝。

他册封郭氏为贵嫔，位置距离皇后仅有一步之遥。郭氏仰慕曹丕，此时她也成为曹丕的心头最爱，获得了令天下女人羡慕的宠爱与地位。

在曹丕称帝之后，按照传统礼节应立正室夫人为皇后。且甄氏出身高贵，作为正室多年，最重要的是她为曹丕育有两子。母凭子贵，也可封得皇后。

然而多年的权力奔波，四方征战，只有郭氏陪伴曹丕左右，这让甄氏和曹丕的感情早已不像当年。

一个女人的痴情一旦被辜负，则会一触即发。甄氏自然也不例外，她写下《塘上行》请人交与曹丕，文中写了自己对曹丕的爱恨交织，一生辛苦追随，本意是想让曹丕感念旧情，重修旧好。

不爱一个人时，对方做什么都是错。曹丕并没有耐心从诗中看出爱意，反而看到甄氏似乎在怨恨自己是个凉薄之人。

曹丕心想的是，正因为是自己顾及当年情分，所以即使在两人多年情淡的情况下，还依然尊她为正室夫人，可她却仍旧还不满足。

皇帝勃然大怒，遣使赐死甄氏，葬于邺城。后宫不可无主，曹丕自然心系心爱之人，他对郭氏的感情已经至深至亲。

公元222年，曹丕意欲封郭氏为皇后。不想天子提议却遭到了众多大臣的极力反对，大臣们认为郭氏出身卑微，家族无名无望，怎可配中宫之主？

郭氏听闻此事，虽然此时与天子情深意切，本可论夫妻情话之类，她却认真地履行了君臣之礼，特意上书曹丕，承认自己出身卑微，品德修行尚不足以承接中宫之主。

曹丕看后，更觉郭氏明礼，不禁万分感动，也坚定了立郭氏为后的想法。最终，曹丕排除万难，立自己心爱的女子为皇后，史称文德皇后。她一生膝下无子，却心中有爱。她出身低微，却敢于为爱挺身。并非她勇敢，而是她所珍视的人，刚好也视她为心头最爱。

惊鸿一瞥，百世沦陷。你却来得轻风细雨，我眉上风止，且诺你此生看尽月落重生灯再红。

生当复来归,死当长相思
——苏武别妻

在天愿作比翼鸟,在地愿为连理枝。比翼皆因你我成双,连理只因你我成对。如果今生来不及爱完,三生三世有约,定要再相见,相见再相惜,相惜再不离……

留别妻
〔汉〕苏武

结发为夫妻,恩爱两不疑。
欢娱在今夕,嬿婉及良时。
征夫怀远路,起视夜何其?
参辰皆已没,去去从此辞。
行役在战场,相见未有期。
握手一长叹,泪为生别滋。
努力爱春华,莫忘欢乐时。
生当复来归,死当长相思。

自从有情人缘定三生,结为夫妻,就一直沐浴着幸福的爱河,从未怀疑过你我不能够白头偕老。

然而美好总是短暂的，所有惺惺相惜、两情相悦都只能在今晚之前，因为明天夫君将要出行远征。

一想到要离开，就不能成眠，辗转反侧，频繁起身，看这夜晚，生怕眨眼就到了分别的时候。

可纵然再有不舍，时光不会停转，天上的星星渐渐地已经看不见了，破晓即将来临，分别的时候终于到了。

只因为奉命出征，将在外，身不由己，不知道和爱妻再相见是何年何月，分别的手握不住，离别的眼泪尽情流，因为此番离别，也许就是我们的最后一面。

欲语却休，只愿妻子好好照顾自己，不要沉浸在想念的悲伤里，更不要忘了两人的恩爱时光。这一生，只要活着，我一定会回来，如果不幸死了，也会在另一个世界永远想你。

这首诗所描绘的在悲情别离中饱含深情之人叫苏武，他是汉武帝时的中郎将，文韬武略、卓尔不群。

但如此一代大豪杰、大丈夫也心有柔情似水的往事。他与爱妻青梅竹马，少年时便两情相悦。爱妻丑儿是西汉将领公孙敖之女。公孙敖因那时便看中苏武那顶天立地的男子气概，对其青睐有加，后便将女儿公孙丑许配给了苏武。

妻子名虽叫丑儿，却是美人一个，虽然不似倾国倾城之貌，但贤良淑德、清丽脱俗，与苏武伉俪情深，翌年就生下儿子苏元，一家三口尽享天伦之乐。

可因为苏武是中郎将,自入仕途之日起便注定要为国家征战沙场。堂堂铁骨男儿自然心系国君百姓,但他也有自己难舍的心头之爱。二者必须选一,这样的抉择让他一度处于两难之中。

然而一道旨意传于家中,身为中郎将,苏武被武帝派遣出使西域。从接到命令那一刻起,苏武的内心就备受煎熬,两边都是此生不可辜负的,如今却注定要割舍一个。而他的心中,也早已有了选择。

天气明明晴朗,和煦的阳光洒进苏府,可庭院内,却颇为萧索,苏武不自觉溜了神儿……

"你快推我呀!"还似妙龄少女的妻子坐在秋千上,娇嗔地催促相公荡起秋千。苏武回过神儿来,脸上露出一抹微笑,将她推得很高,欢笑声洒满庭院,侍女抱着小公子站在旁边嬉闹。

苏武停下秋千,让妻子安稳走下。爱妻刚下了秋千便立刻上前去逗儿子,刚才还满满少女态的她转身间立刻换了模样,满眼尽是慈爱。苏武爱怜地看着怀抱孩子的娇妻,这一幅温暖的天伦之乐图,牢牢地吸引着他的目光。

"山无棱,天地合,乃敢与君绝",这般深情的苏武在当年迎娶妻子时想的就是"执子之手,与子偕老"。

铁骨铮铮的苏武,因为遇上了心上人而变得柔软。可心有家国,他更是忠君之臣。无奈!夜半难眠之时,他望着熟睡的妻子默默地流泪。

虽说男儿有泪不轻弹,但他知道,只因未到伤心处。

明日他将离开温暖的家,奔向苦寒的征途。纵然爱情矢志不渝,纵然共结连理后的恩爱让苏武不忍离去,可他却不能沉醉在温柔乡里。

没有国哪有家,他终究还是心系国民之臣。

善解人意的妻子轻轻转过身来,原来她一直没睡。自从接到命令,丈夫虽未言片语,她却猜到此番要行军在外,一别不知归期。下午逗小儿时她已是强忍泪水,怕惹得丈夫伤心。

然而此刻,她却钻进苏武怀里,默默流泪。她只字不语,可湿了枕头的泪水却滴滴都是不舍与心疼的倾诉。

征途苦寒,苏武怎会不知?此番前去匈奴,更是遥遥不知归期,甚至他明白也许此生都恐难再见。

没有什么能够留给妻子的,或者说妻子什么都不想要,她最想要的是长情陪伴,可他无法再给予了。但他却可以给爱妻一个顶天立地的男人的承诺,他说:"生当复来归,死当长相思。"一首《留别妻》不禁让人潸然泪下:

> 结发为夫妻,恩爱两不疑。
> 欢娱在今夕,嬿婉及良时。
> 征夫怀远路,起视夜何其?
> 参辰皆已没,去去从此辞。
> 行役在战场,相见未有期。
> 握手一长叹,泪为生别滋。
> 努力爱春华,莫忘欢乐时。
> 生当复来归,死当长相思。

天未破晓，苏武出征。

此番前去匈奴之地，万里征途，前路茫茫，凶险可想而知。他戎装怒马，回望家乡妻儿的方向，心淌热泪，却也怀揣赤诚。

妻子伫立家门，在蒙蒙细雨中痴痴遥望，早已泪流满面。夫妻俩不忍道破，今朝一别，真的或许就是"一别一生"。

苏武率领百余人马出使匈奴，本意并非讨伐应战，而是和平出使。

然而命运弄人，就在完成任务准备返京之时，却遇上匈奴内乱。一时间硝烟四起，苏武一行百人，此时想要出境，难比登天。最终受内乱牵连，不得归，反被囚。

早在出使之际，匈奴就有耳闻，一代将帅苏武文武兼修，是汉之栋梁。此番出使交涉，更是一睹其风采。匈奴仰慕苏武骁勇善战，且匈奴本就内乱，正是储备人才之际，遂以惜才之名强迫苏武背叛汉朝，效忠匈奴。

他们豪爽地许其高官厚禄，赏银封地，甚至以绝色美女引诱苏武。

只要他点个头，立刻可以享有匈奴最高的礼遇，等待他的是享用不尽的荣华富贵。

可是，他们却不知道苏武的为人。他为了家国能忍痛别离妻儿，可见爱国爱民的意志何其坚定，任再多的封赏也不会有所心动。

匈奴使尽浑身解数，眼见劝降无果，便失去了耐心，改用极端手段，动用酷刑折磨苏武。

严冬时节，风雪交加，匈奴将苏武囚困在露天的地窖中，上通天，下通地，无米无水也无柴。

但就在这种绝境之下，苏武却奇迹般地坚持活着。他想着妻子与自己别离前一晚的眼泪，念着小儿憨笑的可爱模样，为了心爱之人，只要能活着，就会有归期。

渴了，他就抓起一把脏雪；饿了，就撕开身上的皮袄嚼食；困了，便干脆睡在雪地上；醒了，就在地窖中以奔跑来取暖……苏武面对如此人间绝境，不仅没有丧失意志，反倒练就了一身的求生本领。

匈奴本就惜才，见苏武在极端恶劣的环境中依然意志坚定，且奇迹般地活着，不由得被其难得的气节所感染，为其不凡的本领所折服。

英雄难得，匈奴想要留苏武一命。他既然不能归顺匈奴，却也万不可放归于汉。

于是，匈奴将苏武流放到苦寒的北海放羊，并向他承诺，只要他对匈奴回心转意，便可随时回到锦衣玉食的大殿中；如果他执意回汉，那便要等日月换了天，公羊生了小羊才行。

心怀天地、不屈为奴的大丈夫苏武被流放至北海放羊，一去就是十九年。

极致的孤独和寒冷让苏武更加清醒，他对国家的忠诚，支撑着他要做一个堂堂正正的汉人，而他对万里之外妻子的痛苦思念，也给了他继续活下去的力量。只因为他向妻子承诺过："生当复来归。"

他知道，妻子一定在等着自己，就像现在自己想念她一样。

岁月荏苒，思念和痛苦日夜相伴，一切仿佛自然而然。

转眼已是十九年，苏武已从曾经的意气风发到现在的花甲之年。他已不敢想象在万里之外家、国是何景象和模样。

然而命运对这个"心怀大义"之人仍是眷顾的。公元前87年开始，汉武帝之子汉昭帝即位，这位新帝改写了苏武的晚年命运。

据说汉昭帝酷爱骑射，一日兴起在上林苑打猎，却不小心射落一只正在空中盘旋的鸿雁。侍从拾起这只大雁却发现它脚上似乎绑着什么东西，其他侍卫纷纷好奇上前围观，原来这是竟是一封"家书"，书信者正是身在异乡却对故土思念至极的苏武。他从未想过，真会有这么一天，这只鸿雁会把他无处诉说的心底之思带回故国，并且呈现在天子面前。

汉昭帝得知苏武宁可牧羊十九载，也不背离故土投身他国，感慨万千。在场的人也无一不感动，这位赤胆忠心的臣子，历经风霜雨雪的十九年，马上就要得到救赎和温暖。而鸿雁传书的典故也诞生于此。

天时正佳，匈奴因新单于上位，大汉近几年与匈奴关系也缓和不少，皇帝派亲臣速速前往匈奴调解。

匈奴政殿之上，大汉使臣说明此番来意，匈奴才仿佛也恍然想起，苦寒的北海还有这位顶天立地的硬汉，他不畏强权，不臣于权财酒色，一心想要回归故土。如今两国关系交好，于是便成人之美，允许大汉接回苏武。

长安城，万人欢呼，人人称赞他是大英雄，朝廷也封他为民族英雄。他骑着高头大马游走在长安城，仿佛重回人间。

只是，这人间，这喧闹的人群中，他却感觉到无比孤寂。

他在焦急地寻找一个熟悉的身影，那个他诗中的女主角。

华发苍苍的苏武终于实现了许诺给妻子"生当复来归"的诺言，可这份爱情太重，连岁月都无法承载，一个柔弱女子又怎能承载得了？

近七千个日夜过去了，妻子等得太累了，她用最后一丝力气笑着对儿子说："如果有一天爹爹回来了，你就说为娘嫁人了。切莫让他伤心流泪，英雄流不得眼泪……"妻子临终的口吻也充满着骄傲与不舍……但是这份等待太久了，她缓缓闭上眼，终于可以喘口气了。

英雄已年迈，他的内心同样也千疮百孔、伤痕斑驳。苏武来到爱妻坟前，颤抖着一双裂着口子、长满老茧的手，一下一下地拔掉坟上的杂草，喃喃自语："我回来得太晚了，但是我信守承诺了。早知道这样，当初你是否也要给我一个承诺才好？这样就能等到我回来。"他苦笑着，爱怜地轻抚碑文，双眼早已模糊。

生也归来，死亦长思，漫漫余生里，他终于可以在故土思念亲爱的人了。然而在天愿作比翼鸟，在地愿为连理枝。比翼皆因你我成双，连理只因你我成对。如果今生来不及爱完，三生三世有约，定要再相见，相见再相惜，相惜再不离……

一日不见兮,思之如狂

——司马相如与卓文君

任你官爵加身、满腹经纶,在爱情面前也是一枚小卒。纵使你粗衣布履、平凡无奇,在爱情之中也可以奋不顾身。

凤求凰
〔汉〕司马相如

有一美人兮,见之不忘。
一日不见兮,思之如狂。
凤飞翱翔兮,四海求凰。
无奈佳人兮,不在东墙。
将琴代语兮,聊写衷肠。
何日见许兮,慰我彷徨。
愿言配德兮,携手相将。
不得於飞兮,使我沦亡。

没有人能够预料生命中何时会出现一见钟情,你就这样闯进了我的视线。一见倾心,从此难忘,思念的感觉吞噬人心,分分秒秒，寝食难安。我就像是飞旋的凤鸟，寻觅着属于自己的凰鸟，可是我思念的佳人却并非只是一墙之隔。

奈何心中思念疾苦只能抚琴吟唱，诉我衷肠：何年何月你才能与我共结连理，治愈我不知所措的刻骨思念？希望你看到我的人，看清我的心，相信我的品行使我有资格得到你的爱与托付，我们将成为一对情深伉俪。而如果最终爱而不得，情无所依，那在世间千般好又与我有什么关系？我将在痛苦中深深沦陷。

文中的"我"便是司马相如，字长卿，"佳人"则是卓文君，这场千古之恋还要从彼此的身份说起。

司马长卿是西汉时代蜀郡成都人。他家境虽然普通，但父亲格外看重家教，在父亲的悉心教导下可谓知书达礼、博学多闻。

老父亲教长卿读书识字，长卿聪慧，很快就能识文断字。家人欢喜，还特意请了老师教导他诗词韵律。

日复一日，司马长卿长成了翩翩少年郎，他爱好读书、舞剑，也开始形成了自己独立的人生观。

在通读史书时，他对战国时期赵国著名的政治家、外交家蔺相如格外仰慕，于是将自己的名字改成了司马相如，认为这颇有文坛大家风范，可见其内心是怀有鸿鹄之志的。

此时，司马相如已是青年才俊，因为家里的安排而走入仕途，不想官职却是武骑常侍，这和他自己的多才擅文并不匹配，内心难免积郁。司马相如虽然是武骑，但他才华横溢却是人人皆知的。

这首千古流传的《凤求凰》，便是创作于宴会之上。

一日，应朋友邀请，司马相如参加了一场盛大宴会，他未曾预料到在这场宴会上，会遇到自己的心爱之人——卓文君。

这场宴会的举办人是显贵人物——富商卓天孙。宴会上除了好酒好菜，自然也少不了诗词歌赋、轻歌曼舞助兴。

司马相如一表人才，文武双全，眼光已然不能聚焦在普通女子身上。而宴会之上恰巧也有一位高傲的佳人，她清丽脱俗，在喧嚣鼓乐中目光并不轻易停留在任何人和事上，仿佛遗世独立。她的名字叫卓文君，正是宴会主办人的女儿。

卓文君天资聪颖，父亲也对她寄予厚望，不让女儿只埋没在女红刺绣中，而更重视让女儿通晓诗书。如今卓文君出落成大家闺秀，显然没有让父亲失望。

此时的卓文君才貌双全，通晓韵律，是远近闻名的才女。然而，小有缺憾的是她成过一次亲，不承想刚过门不久，夫君便意外病逝。她虽是美妙少女的模样，却也不得不贴上遗孀的标签。

风华正茂，明明应沐浴在爱情之中，却戏剧般地独自一人，日夜寂寞。

这样的背景，仿佛已为二人的相爱谱写好了前奏。

人群中，蕙质兰心的卓文君一下子就"闯"进了司马相如的眼里。她端庄正坐，从骨子里散发着迷人的气质。司马相如把这个女子看在眼里，刻上心头。

宴会之上，觥筹交错，热闹非凡。酒过三巡，朋友邀请司马相如抚琴展艺，为宴会助兴。众人听了都纷纷附和着说早就耳闻司马公子弹得一手好曲，今天不妨让大家饱饱耳福。

司马相如本就心怀锦绣，又在心动的女子面前，男子的彰显才艺之心自不必遮掩，他即兴抚琴，潇洒之态尽显。

一曲《凤求凰》，顷刻之间震惊四座。这首词不仅韵律不凡且深情动人，参加宴会众人惊讶于短短时间之内，司马相如就可以作出如此惊为天人的作品。众人意犹未尽，似乎还没缓过神。

卓文君的内心也是波涛汹涌，如此聪慧的女子，早已从司马相如赋曲之时看自己的眼神中读懂了一切。

爱情中，有一种传奇的隔空力量叫作"同频共振"，此时二人心跳的节奏是一律的，心动的滋味是相同的。

她头脑中一遍遍回闪着司马相如抬头望向自己高歌的情形。

刹那间，心动之感在心头萦绕。一场宴会，两人就这样倾心相遇，隔着座位眉目传情。

可一瞬间，一盆冷水又让两人都不觉打了个寒战。

宴会结束，冷静下来的卓文君知道：一方面司马相如的家世远远比不上卓家，父亲不会允许；另一方面，身为女人，她也曾婚配嫁人，世人恐有流言蜚语。

只凭一见倾心就想相守百年，谈何容易？可是，这世间任你有再磅礴的能量也左右不了相思之苦，"醉过才知酒浓，爱过方知情重"。

自从宴会相遇，司马相如与卓文君仿佛是心有灵犀，他们几乎同时坠入了相思之境。

辗转反侧，夜不成眠，想到司马相如在宴会之上为自己所作的《凤求凰》，卓文君便忍不住内心的浓浓情愫。

而此时，司马相如更是按捺不住，他不得不偷偷安排两边的侍从传信，约卓文君深夜相会。

信中，司马相如说："卿若有意，可愿子时一见？"信笺下方以小字附上地点。司马相如几乎不能平静，他早早来到约定地点，耐心又迫不及待。他知道此番约会意味着什么，佳人如果如约而到，他感激上苍，可要冲破世俗又是何等艰难。

时间游走，司马相如紧张得左右踱步。

子时终于来临，司马相如远远看到一个美丽的倩影，在夜色中步履匆匆。他悬在喉咙口的心终于放下来，却心跳加快。佳人能来，可见其心。

宴会之外，司马相如终于再见卓文君。夜色中的卓文君一袭披风长裙，端庄秀美。

"金风玉露一相逢，便胜却人间无数"，彼时热烈思念，此刻心上人就在眼前，两人终于不再矜持。

司马相如轻轻靠近卓文君，见她没有躲闪，便大胆地握住她的手，这才发现佳人的手微微颤抖，他便更加用力地紧握，想给她一丝安定的温度。

"你可愿意余生与我同行？"司马相如目光炙热地看着卓文

君,就这样直率地问道。一个才华横溢的文坛翘楚,此刻在心上人面前却突然词穷。因他等不及去爱,等不及心上人在沉默中预热爱。

卓文君虽有过成亲经历,却从来没有过真正的爱情。情窦初开,芳心骚动,原来是这么奇妙的感觉!

她脸红心跳,低头喃语,相比起夜里幽会的勇敢,此刻的她也像一只迷了路的小羔羊。司马相如听不清她说什么,却能感觉到她把自己的手握得更紧了。

最是难得两情相悦,你思念的人刚好也在想你,你想守候的心,里面也只装着你。

这个夜里,两情相悦的人依偎在一起,互诉衷肠。约定三生三世,非卿不娶,非君不嫁。直到卓文君担心家人发现,二人才依依不舍地分开。

尽管相爱,尽管相知,尽管想要坚定相守,但是世俗的阻力是巨大的。想要得到所有人的祝福,难于上青天,他们在彼此承诺的时候就懂了。

可是,能够流传千古的爱情多是孤注一掷的。

于是,又一个深夜里,他们两个人约好了去"天涯海角"——那便是"私奔"。

夜色正浓,司马相如见到身着素衣、神色慌张的卓文君匆匆而来,还没到自己面前,他便一个箭步冲上前,一下抱起了卓文君。

对于一个女人而言,敢于选择私奔,这要爱情给予足够的驱动力，要对那个男人有足够的爱。

司马相如何尝不知？他紧握卓文君的双手，认真地问她是否已经想好要和自己一生一世。

卓文君不像初见那般羞涩，而是眼神坚定地深深点了点头。

在那个年代，他们两人各自拥有着身份，可想而知他们的私奔必将满城轰动，流言蜚语的杀伤力也定然会比刀还要锋利，众口铄金，积毁销骨，可是他们的步伐却坚定、不乱……

两人告别了熟悉的地方，一个离开了殷实的娘家，一个暂别了仕途，两个因为炽热爱情而燃烧的人能坚持多久呢？

极端的感情一朝见光，所有人都在等待他们幡然醒悟后的回归和悔不当初。

然而，卓文君却毅然决然地依偎在爱人身边。

尽管她来到托付终身的爱人家乡时，看到的景象是穷困潦倒、家徒四壁。

坦白说，自幼锦衣玉食的卓文君确实有些意外，她对贫困的家境几乎没有概念。但面对爱情，面对心上人，她却从来没有产生想要转身的念头。

此时的卓文君比任何时候都幸福和成熟，她终于找到了内心的栖息地，内心不再有游离和空洞之感。

这俨然是一个富家小姐和贫寒书生的爱情故事。在世人眼里，这种故事往往猜得中前头，猜不中结局。

面对艰难的生活，卓文君反而产生了强大的对抗力，她主动想要改变和司马相如的生活局面,毅然决定和司马相如回到自己的家乡谋生计。

当然,另一个原因是,身为一个女儿,她多么希望疼爱自己的父亲能够接受他们在一起,把祝福送给他们。

迫于生活的无奈,司马相如也接受了心上人的提议。

堂堂七尺男儿,实不愿意在勇敢私奔后再回到原地,尤其是回到"岳父"的门前。然而在爱情面前,他也甘愿放下自尊,为了生计随心上人回到家乡——他们当街开起了破旧小店,卖酒为生。

这份勇敢,超出了所有人的意料。

可怜天下父母心。自幼捧在手心里的掌上明珠,如今不得不独立面对残酷生活的风霜雨雪,老父亲见状怎能忍心?

纵有恼怒,可看见女儿眉眼中流露出的幸福笑容,自知拗不过女儿的父亲也只能仰天长叹。

卓父无奈地接受了女儿的选择——给他们提供了物质保障。

至此,司马相如与卓文君堂堂正正地共结良缘。他们勇敢地追求到了自己的爱情,也得到了家人的祝福。

一曲《凤求凰》,赢得美人心,成就千古佳话。现代人所纠结的"爱情断舍离"早在千百年前就已被前辈古人演绎得淋漓尽致。

任你官爵加身、满腹经纶,在爱情面前也是一枚小卒。纵使你粗衣布履、平凡无奇,在爱情之中也可以奋不顾身。

因为在爱情之中,从来就没有沧海一粟,你可能是别人眼中的无名之辈,却会是爱人心中的盖世英雄。

愿得一心人，白头不相离

——司马相如与卓文君

时光是最有效的良药，也是最强大的治愈者，它有能力收纳所有的不幸和心伤，包括你的、我的，还有卓文君的。

白头吟

〔汉〕卓文君

皑如山上雪，皎若云间月。
闻君有两意，故来相决绝。
今日斗酒会，明旦沟水头。
躞蹀御沟上，沟水东西流。
凄凄复凄凄，嫁娶不须啼。
愿得一心人，白头不相离。
竹竿何袅袅，鱼尾何簁簁！
男儿重意气，何用钱刀为！

爱情是一种信仰，它像山雪一样纯洁，像月亮一样光明。却有一天听你说心生他意，无奈只好与你诀别。

且当今天是最后一次相聚，明天便各自天涯。回望曾经的日子像东流水般匆匆，它曾经有多美好，如今就有多无味。

我们当初的相爱，你的坚定让我意念强大，不像小女般犹豫不决或以泪拭脸，因为你给了我最好的信仰——天下纵有万般好，我只想与你长相厮守，白头偕老。

爱情的美就像是竿儿戏鱼般欢快。当时你必定也如我一样快乐。

可是我现在明白爱能不能长留却取决于男人能否信守承诺，如果冲动之下放弃爱情，也许我们终将后悔无期。

一个女人空有美貌并不能成就大器，卓文君却是典型的"才富美"——一个才华、富有、美貌集于一身的女人。

当寻常女子还在追求嫁个好夫君，飞上枝头做凤凰的时候，她的父亲已经让她成长在衣食无忧的环境之中。当其他女子乖巧顺从世俗风气"女子无才便是德"的时候，她却酷爱读书，偏爱笔墨，写得一手好文章。

卓文君嫁人后，遭遇丈夫亡故而独居期间，世人皆赞其贞洁，她无奈被世人用贞洁所缚，但却并没有被这顶束缚之冠所左右。

她毅然回到娘家，认为独守空房对于亡者没有丝毫慰藉，反而是折磨活着的自己……她眼界极高，心境不凡，自然是一位非同一般的佳人。

卓父是著名的富商，广交好友，平日里往来的座上宾客踏破了门槛。

纵是家境优渥，卓王孙也是一个老父亲，是个典型的女儿奴。在他眼中，女儿虽曾嫁于他人，可如今女婿亡故，女儿依旧是自己心头那颗未出阁的掌上明珠。

又因女儿天姿不凡，才华横溢，卓王孙心中自豪，但凡宴请，都会为女儿特意设上席位。如此，卓文君对觥筹交错、钟鼓馔玉的场合自然是司空见惯的。

这日家中又设宴席，据说来的是地方权贵和文坛翘楚，尤其一位司马公子更是出众。

这种先入为主的"听说"让自认为同是"文人墨客"的卓文君颇为好奇。

那位司马公子便是司马相如，曾担任汉景帝的武骑常侍，但天赋异禀，自幼便才华出众，人到青年时已是满腹经纶。

仅仅一介武骑常侍，并不能真正发挥司马相如的才能，他内心也着实不喜欢武职，于是辗转称病成功辞官，成了梁孝王的宾客。

也就是在此时，他为梁孝王写下了后来传世的《子虚赋》。

他在文中说："今足下不称楚王之德厚，而盛推云梦以为高，奢言淫乐而显侈靡。"他认为两国之交，两国使者应该做到两点：一是在道德修养上寻得共识，二是为国家美誉贡献力量。怎能有炫耀、攀比这些粗浅行为呢？

司马相如通过文中故事表示态度,对诸侯及其使臣竞相侈靡、不崇德义的思想、行为予以否定,是一位伸张正义、心系家国的青年才俊。他此时不知这篇《子虚赋》为他日后的仕途铺下了一条康庄大道。

当然他也尚未知,此时他仕途不顺、家境贫寒,居然还能在今天的宴会中邂逅爱情。

虽无要职在身,但青年才俊的美名却也算享誉四方,他受邀参加的这场宴会,主办人恰恰是他未来的岳父。

宴会之上,司马相如抚琴展艺,一曲《凤求凰》使得夫君亡故的卓文君一听倾心、一见钟情。

抛开世俗,誓要在一起的强烈愿望让他们私订终身,连夜私奔。可司马相如的家一贫如洗,空无一物,他们无奈又回到卓家。

卓父不忍女儿受苦,便成全了这对有情人。

至此,司马相如与卓文君堂堂正正地厮守在一起,他们的勇敢既让自己追求到了爱情,也得到了家人的祝福。

他们的结合,本是才子佳人的绝配,然而,他们的婚姻并非十全十美。

两人之所以能够过上安稳的生活,有赖于卓文君父亲对他们的资助。司马相如空有一身文才却无用武之地,内心不免产生了自卑和内疚,他那男人的自尊心有些受伤,便觉压力重重,这也为他们的幸福生出了一种障碍。

而此时，司马相如曾经所作的《子虚赋》被汉武帝无意读到，他那心系大国的心胸和情怀打动了圣上，不久，司马相如被提拔做了郎官。

他开始终日忙于政务，又长期在外，与卓文君两地相隔。与之往来的均是达官显贵，难免享乐于声色犬马之中。

本是青春年华，又才华出众，司马相如自然仕途顺畅。身边的达官显贵无不妻妾成群，而他只有卓文君，且与自己两地相隔，他越发感觉到寂寞难耐。且司马相如本就在女强男弱的婚姻中备感压力，如今一朝翻身为官，也产生了纳妾的念头。

可是卓文君只倾慕于他。他在外为官，卓文君便在家思夫。可渐渐地，她收到夫君的来信越来越少，即使是自己主动寄出家书，也要很久才能收到回信。她不自觉地怀念起两人新婚宴尔时，她寄出家书转瞬间就收到回信的情境，可是如今，她却感觉到了两人之间细微的变化。直到有一天，她最害怕的消息传来——司马相如想要纳妾。

卓文君顿感心凉，想起当年她随司马相如一同私奔的夜色，仿佛还像昨天一样。那天夜色正浓，自己一身夜行衣从家中偷偷跑出，见到了已在等候的司马相如，还没等自己走到他面前，他就疾步跑上前来，紧紧地把自己拥入怀中。

一个女人，告别了熟悉的地方，离开了舒适的娘家，将自己的一生都托付给一个家徒四壁的书生，不是因为爱到无法自拔，还能因为什么?

就算所有人都在等待他们幡然醒悟后的回归和悔不当初,戳着她卓家的脊梁骨,她也从未想过要退缩,毅然决然地依偎在爱人身边。

可是,几年过去,爱情被日子冲洗得平淡下来,今夜她又收到了这样的消息!她曾经深爱的人,给过她生生世世承诺的男人,却想娶她之外的女人,她怎能不伤?

她泪流满面,心如刀绞,却也心急如焚。她想要挽留和守住自己的爱情,他们明明是经历过风雨的眷侣。

卓文君擦干眼泪,提起笔墨,于灯火下赋诗一首——《白头吟》:

皑如山上雪,皎若云间月。闻君有两意,故来相决绝。今日斗酒会,明旦沟水头。躞蹀御沟上,沟水东西流。凄凄复凄凄,嫁娶不须啼。愿得一心人,白头不相离。竹竿何袅袅,鱼尾何簁簁!男儿重意气,何用钱刀为!

接到这样的家书,司马相如陷入沉默。卓文君字字句句恳切,他自然看得出其中的幽怨寒心。

司马相如念起曾经的相识相恋,又想到现在冷却下来的两地情感,生出许多无奈。他也想像曾经一样,思念佳人到夜不成眠,一日不见便如隔三秋。可是,爱情这件事原来是有保鲜期的,他们虽走过了风雨,迎来了彩虹,却难挡彩虹之后的寂寥,难以重拾曾经的悸动。

司马相如到底是一个责任当先的男人,看到书信上抹开的泪痕,也是心痛不已,于是执笔回信,答应卓文君不再提及纳妾之事。他终是不忍辜负爱妻的。

卓文君手拿这封回信,悲喜交加。

她的爱人答应不会再纳妾了,可是她的爱人曾经想要纳妾啊。她的爱情呢?哪里去了……

这件事终是放下了。但卓文君的内心却生出裂痕,爱情曾经是她的信仰,如今她再也找不出那不变的信念。

再见之时,两人谁也没有提起这件事。司马相如还像往常一样,进门换上便服,吃饭、洗漱,回到书房,上床休息,仿佛那件令人不快的事情发生在梦中一般。

秋夜如水,独倚窗棂的卓文君也渐渐心生凉意。

婚姻虽在,但她并不能算真正的成就者,爱情的纯洁显然不在了,享受了短暂的欢愉之后,沉淀下来的不过只有责任而已。

时光是最有效的良药,也是最强大的治愈者,它有能力收纳所有的不幸和心伤,包括卓文君的,也包含你我的。这个伤口就像是"那天"飘在天空上的云彩,显然,"那天"早已被风霜雨雪洗刷得不会再来,但飘浮于空中的云彩却还在脑海,它触摸不到,但却真实来过。

第二辑

只为一人饮尽悲欢

问君能有几多愁，恰似一江春水向东流

——李煜与小周后

是王，是囚，是生，是死，你终是你，属于我的你。是哭，是笑，是生，是死，我只是我，属于你的我。心头的永生花开着呢，为你，它永远不落！

虞美人·春花秋月何时了

〔五代〕李煜

春花秋月何时了？往事知多少。小楼昨夜又东风，故国不堪回首月明中。

雕栏玉砌应犹在，只是朱颜改。问君能有几多愁？恰似一江春水向东流。

眼前的苦难什么时候才能结束，过往心事又知道多少！

昨天夜里寒意犹在的东风吹卷着小楼，今夜却有皓月当空，只因国破家亡伤痛，万物失去了色彩。

想必那栏杆上精雕细刻的花纹还清晰可见，玉石砌成的台阶也应该还在，物是人非，只有怀念的人在老去，黯然神伤。

不敢问我心中有多少愁苦，数不尽的伤痛就像这不尽的滔滔春水滚滚东流。

南唐最后一位君王李煜，他擅长诗画，文采不凡。相比起其他文坛大家，他的身份显然较为特别，身为帝王，一边享受着常人无法想象的幸福，一边也承载着非比寻常的哀愁。

虽然生在帝王之家，但因为天性所致，李煜本无争夺储君之心。他为了向兄长和太子表明心意，所以平素潜心作文作画，从不干涉朝政。

怎料太子却身陷党羽之争，为夺皇权不幸英年早逝。李煜本是最无心争夺皇位的皇子，可恰恰是这种无心，让皇帝立了他为储君。

李煜自认无法担当江山社稷的大任，向父皇请命另立他人，却遭到严厉斥责，李煜不敢再言。

转眼父皇气消，开始对李煜悉心教导，希望引导他成长为一代明君贤主。

日复一日，有了父王的指教和肯定，一度不自信的李煜认为自己就是上天注定的天之骄子，父皇属意的人，这一切乃是上天的安排，他慢慢接受且习惯了太子之位。

三年之后，父皇去世，同年李煜继位，成为南唐后主。

国不可一日无君，后宫不可一日无主。身为君王的李煜，在18岁时正式迎娶了他的第一任皇妃——周娥皇。

皇妃乃功臣大司徒周宗之女，19岁被选入宫，相貌清丽，德才双馨，加之出身政要世家，为人谦和，颇有中宫风范，所以颇受朝廷官员的拥戴。

周后确实是一个美人，史书记载她颇有"国色"。恰恰其性格也与李煜略有相同之处，他们博古通今，不喜张扬，不爱权力。二人相互欣赏，情投意合，成婚之后，感情日渐加深。

李煜是个心思敏感的君主，他的内心对于情感的需求是极大的，所幸年少时父皇曾给予他安全感，如今他有与皇妃的恩爱时光。

大婚后的几年里，周娥皇为李煜生下两个皇子，中宫秩序井然，朝廷也多祥和，所有的一切都那么遂人心愿。李煜与周娥皇亦是恩爱如初，真是羡煞旁人。

但是，这样神仙眷侣般的生活，在不知不觉中却已渐渐接近尾声。

成婚后的第十年，周娥皇的身体发生变故，她日夜咳喘不停，渐渐虚弱，一病不起。李煜盛怒之下命太医会诊，他不惜一切只求全力救治周后。然而太医们使尽浑身解数，也没能让周后从病榻中走出。

李煜心急如焚，他扶起周后亲自喂药，甚至亲自在病榻前侍夜，只为心爱的周后一旦开口有任何需要，他能第一个出现在她眼前。

不想，命运的打击接踵而至，他们的小皇子仲宣此时4岁，因连日高热不治而突然离世。事关重大，虽然已知周后尚在生死边缘，太医们却不敢隐瞒，只能如实禀报。

和所有人预料的一样，一个病重的母亲得知自己的孩子夭折，是无力承受的，周后一下子便昏死过去。

宫中派快使传信给周后娘家。怎料周母闻讯后，也病倒不起。

病榻之上，一个风姿绰约的妙龄少女正在陪伴周后左右。她犹记得进宫时，母亲曾轻轻拉过自己的手声声嘱托："此番进宫定要好好侍奉皇后，待她病愈后方可归。"

这个少女便是周后的妹妹。姐姐成婚当年她不过才5岁，如今10年过后，已出落成亭亭玉立的少女了。

及笄之年的妹妹生得天生丽质，肤白胜雪。她从小和姐姐的性格便有所不同，她天真烂漫、热情开朗。当她日夜兼程踏入皇宫后，来不及休息便匆匆忙忙来到姐姐周后的病榻前，可却意外与皇帝李煜相遇。

李煜怎么也没有想到，当年那个豆丁儿大的小不点儿已然出落成娇艳少女。她身上有周后年轻时候的影子，又有周后一生都练就不成的任性和浪漫气息。本性使然，她单纯开朗，敢爱敢恨，这样的性子与李煜有些许不同，却不料成了最吸引李煜的地方。

第二次相见，李煜便一见倾心，尽管他的周后还在病中，可缘分来了，谁也挡不住。

李煜问她家人的情况,她便一一作答。她的大眼睛崇拜地望着皇帝,这个拥有天下最高权柄的男人,不也依然是自己的姐夫吗!她快人快语,调皮地说道:"若要是论起民间习俗,我该叫你一声姐夫,而不是皇帝呢!"

　　自从继位登基后,从未有人敢与李煜论君臣之外的关系,就连周后也是以礼相待,然眼前这个15岁的机灵少女则是一个例外。李煜听罢不觉得她有任何逾矩,反而添了几分亲近。

　　他是君王,只要他想要,就没有得不到的。而于天下女子来说,无人不崇尚皇帝的威严。

　　许是因为李煜是个特别的皇帝,除了指点江山,他尤为偏爱琴棋书画,懂得柔情浪漫。

　　二人情爱之心同频共振,迅速坠入爱河。妹妹敢爱敢恨的性格让李煜感受到了从未有过的快意。

　　但李煜也顾念旧情,他认为周后正值病中,不宜将此事告诉她,就一边看望周后,一边和妹妹深情约会。

　　爱情的魔力,让他无暇回忆过多与周后当年的伉俪情深。

　　可是在皇宫,哪儿有不透风的墙?周后终于知道了妹妹和皇上之间的感情,她对皇帝心生幽怨,对妹妹伤心至极,病情急速加重,终在一个秋夜如水的夜晚永远离开了人间。

　　妹妹在姐姐床前痛哭不已,如有半分回转余地,她都不会分享姐姐的心爱之人。可是爱情来了,她不知道它的力量如此之大,她是如此地离不开,也这样地放不下。

周后病逝不久,钟皇太后也与世长辞,李煜按礼节守孝三年。对于周后的病逝他自然也是悲恸万分,又因失去了他们的儿子,更是心如刀绞。他亲自为周后举行葬礼,算是把对她的感情画上了句号。

随着时间的推移,李煜与周妹的感情已经难舍难分。

面对心爱之人,他只想将全天下最好的送给她,李煜对周妹说:"守孝之后,朕就正式迎娶你。"周妹听了感动不已。

时光飞逝,转眼已过四个春秋。四年相伴,彼此的感情已深入骨髓,宫中的生活也让周妹离不开李煜,而皇帝也集万千宠爱于一身:守孝之期一过,这一年的南唐举行了举国轰动的立后册封典礼。皇帝大赦天下,举国同庆,无人不知,无人不晓。金陵城内万巷皆空,人们争先恐后一睹新皇后的容颜,都想知道是何等美人能让皇帝如此昭告天下!

她头顶凤冠,身披彩衣,盖头之下的周妹泪流满面,哪个女人一生不是在等这一天——一个男人愿意把和她的爱情昭告天下。

他是君王,他也是自己的夫君,而从今天起,她将是李煜的正妻,再也没人敢非议,至此,小周后与李煜正式结为连理。

眨眼之间,他们过了几年只羡鸳鸯不羡仙的爱情生活。作为一代帝王,李煜已经算得上痴情之人了。

然而身为帝王,却不是只有男欢女爱,也要承受家国命运的动荡。公元974年,北宋全面进攻南唐,数万大军似乎没费吹灰之力就接连夺下了一座座城池。

李煜不堪目睹天下百姓受苦，于是答应配合北宋交付池城及皇室大印。至此，一代南唐后主李煜沦为被软禁的囚徒，北宋宋太宗赵光义正式称帝。

而与李煜一起囚困于此的，还有他心爱的小周后——这个在战乱年代显现刚烈性情的女人。

身为这片故土的旧主，李煜已今非昔比，耻辱感令他疾病缠身。而此时的小周后，也不过二十六岁，正是风姿绰约，娇媚正浓时。

新帝宋太宗见小周后美艳动人，不禁垂涎三尺，便将其召进宫内，强行安排她侍寝。小周后面对宋太宗冷笑道："堂堂北宋，没有女人了吗？"

宋太宗虽然征得天下，却对美人颇有耐心。他见小周后性情刚烈，更是引发了他的征服欲望，对小周后摇头叹息："莫不是你不想救你的夫君了？"

提到李煜，这正是小周后的软肋。她凝视宋太宗而不语，宋太宗继续往下说："见你尚有几分姿色，暂可留李煜薄面，让他在旧时宫殿歇息着，有何不好？"

小周后何等聪明，她如何不知自己如果触怒了新帝，后果是不堪设想的，也许她和李煜将再难相见。想到此处，小周后默不作声，只能顺从新帝安排，侍寝于他。

李煜又何尝不知，心爱之人往返于他和新帝之间，是何等屈辱！小周后仍旧竭力维护着他最后的自尊，每每即将进宫之时，总会以侍疾为由，从不道破这份屈辱。而每当她万念俱灰地从宫中回来，都要强颜欢笑。

李煜不语，却犹如万箭穿心。然而这样的情况越来越糟，宫中传诏越来越频繁，有时候小周后一进宫便几日不回，即便是回来后也是闭门不出，悄悄地躲起来以泪洗面。

李煜颓唐至极，他寄情于烈酒，挥恨于诗词。他不敢问心爱之人，也不敢博心爱之人欢快地笑。他苟延残喘地活在这个庭院里，不知日夜，不问年代。

新帝厌倦了，厌倦了李煜这个南唐后主的存在。

终有一天，宋太宗以其诗词有谋逆之嫌的大罪，赐予李煜一杯毒酒。

毒酒在前，李煜没有解释，也没有牵挂，反而心生解脱之感。这些年活得人不像人，鬼不像鬼，今日终于可以了结了。

只是……只是他的小周后，他似乎应该说些什么，却又不知如何开口。

初识略有荒唐意，相伴却是真情时。他恨自己没能给小周后一个安稳的生活，如果有来生，宁愿她嫁个平凡之人过平静的一生，不再受苦。

面对旧山河，回首往昔，李煜端起毒酒一饮而尽，至此，42岁的南唐后主终于解脱了。

寂静的庭院，小周后茕茕孑立，她失魂落魄，泪已流干。

28岁依然明艳动人的小周后，再也没有对镜梳妆过。人们都说女为悦己者容，最能欣赏自己的那个男人已经不在了，还要美貌有什么用……

她终日颓废，茶饭不思，看着这满院的落叶，岂止是伤感？她走到李煜最后离开的地方，抚摸着当时盛有毒酒的精致杯盏，摇头叹笑。

是王，是因，是生，是死，你终是你，属于小周后的李煜。他不是什么南唐后主，不是什么亡国君主，他只是小周后最仰慕和最亲爱的夫君。

是哭，是笑，是生，是死，我只是我，属于你的我。我不是什么芳华绝代的小周后，也无意做新帝左拥右抱的新宠，我只是你心头的那抹绚烂，还是小时候的模样。

心头的永生花开着呢，为你，它永远不落！

秋风席卷着幽寂的庭院，落叶沙沙。小周后踩上木质桌台，梁上悬着三尺白绫，于初冬的暮霭中自缢而亡。

李煜与小周后的爱情句号画得悲凉惨淡，如同他的旧国河山一样，爱却难守。想必再遇之时的两人都愿化身一对平凡鸳鸯，随着开江春水东流不停，只愿对方安在。

山上桃花红似火,双双蝴蝶又飞来

——梁山伯与祝英台

蝴蝶飞不过沧海,是因为沧海那边没有等待。炙热的誓言犹在耳畔:"不求同年同月同日生,但求同年同月同日死。"君召我相见,我赴君约,执子之手,与子偕老。

荆南竹枝词

〔清〕史承豫

读书人去剩荒台,

岁岁春风长野苔。

山上桃花红似火,

双双蝴蝶又飞来。

求学为始路漫漫,荒台为墓哀凄凄。这里年年岁岁春风依旧,墓边长满青苔。山上的桃花明媚动人,就像明媚的火焰一般,却有双双蝴蝶比翼飞来。

与历代君主、文人墨客的爱情不同,梁祝爱情故事是流传久远、家喻户晓的民间爱情故事。人们不忍让梁山伯和祝英台这对情侣承受这离散之痛，于是让他们双双化蝶，在故事中让男女主角得以双宿双飞。

1600多年以前的东晋末年，是一个士族与平民对立，传统观念的束缚使自由的爱情不能存在的时代。

越州有一女子名叫祝英台，出身世家。祖辈曾为朝廷效力，父亲祝公远为员外，祝家世代皆为忠孝仁义之人。祝英台无兄弟姐妹，是家中独生女，祝员外则恰恰是封建时代不可多得的开明父亲。

由于父亲格外疼惜女儿，这让祝英台自小成长得无拘无束。

而受家族影响，祝英台从小就听到长辈们讲述为国征战的英勇旧事。虽为女儿身，但她小小的心灵却备受鼓舞，默默在心中立下志愿，将来要成为一个在疆场上征战的巾帼英雄。

她偷偷地将自己的小秘密告诉了最疼爱自己的父亲，祝员外听了哈哈大笑，拍拍女儿的头。父亲一边为女儿的小心思感到骄傲，一边捋着胡须颇有深意地点着头。他觉得，祝英台虽是女儿身，却心怀大义，实在难能可贵。

然而，让女儿从军务政，父母断断是舍不得的，且封建时代巾帼红颜实在寥寥无几，能成大器者方可青史留名，反之，便成了儿戏。

祝英台少儿时期便展现出一身豪气。她勤奋好学，每每向父亲汇报心得时总是慷慨激昂。她自不是那种矫揉造作的女孩子，相反,却是一个活泼爽朗且略带几分男性气概的女孩。

光阴似箭,转眼间,祝英台已到了适学年龄。她便和与祝家往来的友人家的男孩子们一起陆陆续续被送进了学堂。

与祝英台一起在学堂学习的同学,他们皆会诵诗作文。一次祝英台和同学在后院捉蛐蛐时,他们一时兴起,竟炫耀起学问来,个个文绉绉的。

祝英台听了不高兴,因为自己接不上下句,幼时父亲抽空教导她的诗词文字毕竟有限。如此这般不尽如人意,她扔掉挖泥土的小铲子,在一旁闷闷不乐。

晚饭时,极其宠爱女儿的父亲发现了她的异样情绪,开口问道:"是什么惹到我的宝贝女儿不高兴啊?"

祝英台低头吃饭,闷不作声。

母亲则在旁温柔教导:"父亲问话,怎么能不答呢?快和我们说说,是谁惹到你了?"母亲一边问一边往祝英台的碗里夹菜。

祝英台放下碗筷,委屈地把自己接不上话茬儿的事情一五一十说了一遍。祝父和祝母听完,原来女儿是因此怏怏不快。祝父忖度片刻,告诉祝英台,女儿家不便外出去学堂,但他会专门请一位先生到家里来教。

祝英台听了喜形于色,她就知道从小到大,爹爹都像一位解忧神,只要她有困难,爹爹就一定有办法应对。

祝员外果然请来了先生，且应祝英台的请求特意打扫出一间屋子，做她的专用书房。先生教书，小英台便摇晃着脑袋背起诗书，憨态可掬，惹得在远处偷瞧的祝老员外忍俊不禁。

一日，先生还未到，祝英台便早早等候，她一改往日的女儿裙装，反倒打扮成俊俏的少年郎模样，一袭白衫，头顶飘带，英姿飒爽。

彼时，祝英台已初成小小少女模样，父亲见状，好奇她明明是女儿家，却为何乔装成少年郎的模样。

祝英台对自己这一身行头颇为得意，告诉父亲："先生说学堂里几乎没有女儿家，教起我来不忍苛责，可那怎么行？爹爹曾说，严师出高徒，这样我才能更有学问啊！"

此时的祝英台不过十岁有余，却有此番言论，祝员外听了喜出望外："吾儿有出息！"女儿的话让祝员外内心十分骄傲。如此懂事又上进的孩子英台，让老父亲转过身后竟忍不住要落泪了。

转眼数载，祝英台虽已出落成亭亭玉立的少女，但这时的祝英台仍旧古灵精怪，且数年间学问大涨。此时再遇儿时玩伴，她以礼相待，探讨起学问来不慌不忙，胸有成竹。

听闻当年的儿时玩伴今为求学，均要远赴京城求取功名，祝英台再一次陷入了失落的情绪中。

她似乎有些怨恨自己为什么偏偏是个女儿家，如果是个男孩子，学而有成后就能够为国分忧、为民解愁，可偏偏自己是一介女流。

这次祝英台没有负气,她只有无限的失落。她终于鼓起了勇气,在与家人的一次就餐时向父母开口。她起身跪地,这个大礼把父母的碗筷险些惊落,他们来不及问话便听祝英台说:"父母大人在上,女儿今有一事相求。从小到大我就受父辈教导,有豪情仗义藏于心。我一介女流,不能上战场,不能当朝为官,可女儿不能违背自己心意静候出嫁,为人妻母了此一生。女儿想离家求学,不为功名利禄,只为圆了梦想。还请父母亲允许。"说罢,叩拜于地。

话间,母亲已是满眼泪水,父亲则久久未语。

祝老员外何尝不知自己的女儿心怀大义,又何曾赞同过"女子无才便是德"。女儿心有梦想,他骄傲还来不及。每逢友人到访,他都要带女儿一起出席,听到大家夸奖女儿才貌双全,他心比蜜甜。

可是,她毕竟是一个女孩,毕竟是自己的女儿,游子牵动父母心,他何忍?她母亲又怎能舍得?

祝英台跪地不起,期盼的眼神望得父母一时语噎。祝老员外深明大义,他从心底愿意女儿外出闯荡,可一个女儿家又处处不方便。待他说出心中担忧,祝英台当即言明,自幼乔装打扮成男儿模样,比起穿女装要更加习惯男装。

祝员外从小宠爱女儿,且是女儿从小到大的知心父亲,他不忍拒绝女儿,也更清楚女儿性情执着,认定之事断不想回头。想到这些，他还是答应了女儿的请求。

然而祝员外不知，此番前去，女儿一生的命运就此改写。如果时光可以倒流，祝员外宁愿搭上身家性命也会竭力反对这个决定。

阳春三月，桃李芬芳，江南烟雨，天暖河清。祝英台踏上了求学之路。

离开家门时，父母远远眺望，母亲哭肿了眼睛，不忍望爱女离去的背影。双亲只盼三年之期飞快而过，明日女儿就会像小时候一样，从远处飞奔而来，扑在母亲怀里撒娇。

江南风光无限好，花红柳绿，莺歌燕舞，初入世事的祝英台满眼都是新鲜的风景和事物。

午后春蝉鸣叫，日光正浓。赶路累了，她便与前来送行的随从在路旁的小亭中休息，恰巧邂逅了同在此处休息的书生——梁山伯。

祝英台性格颇为爽快，而梁山伯却有些腼腆。她主动问候对方，且与其攀谈，还让侍从倒水给梁山伯喝。梁山伯自是瞧得出祝英台出身富贵但不骄横，颇为豪爽，自己也很欣赏。祝英台也是喜欢交朋友，双方一见如故，相谈甚欢。

"你我结为异姓兄弟，可好？"祝英台热情提议。

同是异乡人的梁山伯听了极为欢喜，点头同意，于是两人便在路边凉亭立下誓言。

义结金兰之时,梁山伯、祝英台均十七岁。

两人结伴到达杭州城外的书院,虔诚入学。

他叫她英台兄,她叫他山伯兄。白日书香为伴,夜晚同思乡愁。

两个人不仅朝夕相处,夜晚也是同室而眠,不过彼此间相隔一组褪色掉屑的木柜。夜里睡不着的时候,两个人就隔着柜子聊天,不知不觉间便至天明。

梁山伯不仅才高学富,而且为人忠厚正直,又因家境贫困,自幼便学会细心照料他人,如此,在与祝英台的日夜相处中,已深得她的爱慕。然而,三年之中,祝英台始终衣不解带,木讷的梁山伯也始终不知祝英台其实本为女子。

书院三载,梁山伯和祝英台形影不离。梁山伯和他义结金兰的"好兄弟"谈诗、谈情、谈梦想;而祝英台和她的心仪之人看山、看雪、看星空。

三年期满,日夜期待的家人给祝英台写信,盼其速归。

临行前,梁山伯提出要送祝英台一程——日后虽能再见,却对这朝夕相处的三年恋恋不舍。

又是春光明媚时,祝英台踏上了归乡之路。

这一程,祝英台心里仿若有一只脱兔,令她思绪万千。她爱梁山伯的忠厚,也怨他的木讷。此时路过一条小河,见河中鸳鸯戏水,祝英台便问:"山伯,你看那鸳鸯并肩嬉水,可像你我二人?"

山伯听了不禁笑道:"英台举例不当,你我是兄弟,怎可比作鸳鸯?"

祝英台无奈,越发心急,又走几步停下来,看见天空中燕儿成双,于是问梁山伯:"你看那燕儿呢喃,像不像你我?"

山伯听了摇头:"燕儿成双结队乃是出自一家,与你我不同。"

这一路,祝英台不断暗示梁山伯,将二人比作情侣,可梁山伯从未怀疑过,与自己朝夕相处的英台兄其实就是一个婵娟。

一程已到,再往前走,两人则要各奔东西。祝英台索性停下来,鼓足勇气面对梁山伯。

向来外向开朗的祝英台不想错过爱人,她深知此番一别,再见需要时间,可表白对于那个时代的女孩来说,无疑是最大的挑战。

梁山伯看着若有所思、欲言又止的祝英台,说道:"一程已到,日后你我定要互相往来,切莫忘了对方。"

祝英台眼圈一红,从不矫情的自己,此刻却听不了与梁山伯分别的话。

她深吸一口气:"山伯,三年朝夕相对,你竟从未发觉我是一个女孩吗?"

此话一出,空气瞬间凝固。梁山伯虽然忠厚木讷,但却不傻,他回想三年时光,历历在目,结合祝英台方才说的话,顿时恍然大悟!

梁山伯激动地握住祝英台的手,想到男女有别又立刻放开。祝英台却一把抓住他未垂下的手:"山伯,回去后你可会禀报父亲,前来提亲吗?"

梁山伯痴痴地望向祝英台,一时语噎,待情绪稍缓,他深深地点头:"此次回去,你等我登门!"

祝英台幸福落泪,三载相处等待,一朝幸福降临,只不过这一刻她等得太辛苦了!

匆匆一程,两人私订终身。梁山伯来不及休息,日夜兼程,他要向父亲说明,速速去祝家提亲。而祝英台则更不需要休息,因为心中欢喜。活在爱情里的人,仿佛时刻都在充电。

祝英台归乡,家中仿佛过年一样,大摆宴席,只为款待女儿一人。见到回家后的女儿落落大方,父母亲激动得落泪。

一家人团圆相聚,母亲也把另一件大喜事告诉女儿:之所以这样催促女儿回来,是因为已为她选定了一门好亲事,对方是门当户对的邑西鲸塘马家之子——马文才。

本是喜上眉梢的祝英台,闻听此言,顿觉天旋地转。只听母亲似乎说聘礼已收,婚期已定,且已大邀亲朋好友。

翌日,英台一病不起,逐渐消瘦。

父母之命,媒妁之言,祝英台纵然再得宠爱,也不敢违抗。

她向父母禀明心事，也深知此事已成定局，断不能为她一人有损门庭名声。

母亲泪流不止，父亲深感无奈，他听完女儿的决定，不禁心疼起来。

梁山伯回到家中禀明情况，父亲大喜，遂许山伯前来看望英台，商定亲事。

他日夜兼程，到祝家拜访，只盼赶快见到他日思夜想的英台妹妹。然而此番相见，却打破了他的美梦。

得知英台已许配人家，梁山伯顿感天昏地暗。祝英台以病容相见，已经弱不禁风。"相顾无言，只有泪千行"，祝英台如泣如诉，告诉了梁山伯发生的一切。

梁山伯心碎离开，回到家后便相思病重。他带病写下相思绝笔，约祝英台来世再见。

堂堂七尺男儿，前几日从家中离开时还满颜欢笑，如今不过几个日夜，便卧床不起，不出数日，于家中病逝。

还是春光明媚的烂漫时节，一如三年前。

迎亲的队伍锣鼓喧天，守在门外，却见祝英台一袭素衣走来。她面无表情，头无装饰，在众人惊愕的眼神中上了花轿。

马文才仰慕祝英台多年，此番纵是见英台不守规矩也忍耐下来了。迎亲花轿一走，响乐齐天，祝家父母老泪纵横。

梁山伯本葬身于南山，正是花轿必经之地。途经于此，祝英台要求下轿瞧一瞧，马文才拧不过她，便允许迎亲队伍停下。

刚刚还是明媚的大好春光，此刻天空中蓦地乌云密布，狂风四起，吹得人们抓住轿辇生怕被吹走，霎时雷电交加、阴风阵阵。

祝英台看着这迥异天象并不惧怕，反倒慢慢走近梁山伯的葬身之处。就在此时，梁山伯的坟墓竟然慢慢裂开一道口，祝英台见状，纵身一跃跳了下去，坟墓立刻又合了起来，就像刚才没有裂开一样。

天空中的乌云瞬间散尽，阳光洒了下来，却见此时坟墓里飞出一对形影相随的蝴蝶，它们自由自在，振动着翅膀飞向远处……

蝴蝶飞不过沧海，是因为沧海那边没有等待。炙热的誓言犹在耳畔："不求同年同月同日生，但求同年同月同日死。"君召我相见，我赴君约，执子之手，与子偕老。

人面不知何处去,桃花依旧笑春风
——崔护与绛娘

问世间情是何物,直教生死相许。爱情总有这样神奇的力量,它不可解释却真实地为每一对有情人都注入了能量。

题都城南庄
〔唐〕崔护

去年今日此门中,人面桃花相映红。
人面不知何处去,桃花依旧笑春风。

去年的今天,同样的一扇门,遇见姑娘。那美丽的脸庞,与盛开的桃花交相辉映,显得娇艳绯红。

时隔一年,今时今日故地重游,可脸庞美丽的姑娘却已不知在何处,只有满树娇艳的桃花,依然笑迎和煦的春风。

一丝淡淡的忧伤,在崔护回忆与佳人的初见时在他的心中荡漾开来……

崔护是唐德宗贞元年间博陵县的一位书生。他出身书香门第，但家族却已然衰落，早已今非昔比。

　　崔护自幼天资聪颖，才情俊逸，且生性淡泊，平日只顾埋头苦读，偶有空闲，也是独来独往。

　　历史上有关他的记载甚少，似可见当时他在文坛并不知名。但一首《题都城南庄》却广为流传，且诗中背后的故事颇为传奇，世人皆称"桃花缘"。

　　公元795年，时逢清明时节，接连几天的纷纷细雨后迎来了难得的风卷云舒。长安街头人群熙攘，原来又到了一年一度的张榜时间。

　　崔护从人群中挤出，格外沉闷，这已经不是第一次了，明明日夜苦读却再次落榜。

　　阵阵和风穿街走巷，满城春意。路边垂柳依依，桃之夭夭。崔护却没感到一丝温暖，他虽置身熙攘人群中，却仿佛进入了沉静的状态，他听不见也不想听见人们讨论的声音。

　　他加快脚步，只想暂时远离这繁华之地的喧嚣。此时的他内心五味杂陈，脑海中掠过的尽是夜夜苦读的情景。他一路南行，迎来落日余晖。昏暗的光线照在一条花团锦簇的小路上。他不经意间发现了这美景，再望向四周，已然置身郊外田野，偶尔听见几声莺燕啼鸣，还有阵阵微风拂面，目之所及，一派祥和之景。

　　眼前空阔的郊外美景，让他暂且忘却了苦读无果的烦忧，向来热爱自然风光的他不自觉地陶醉了。这处小小的世外桃源，满是看不尽的红花绿草、望不到头的青山绿水,他安然地享受着大自然赐予的意外礼物,浑然不知身在何处。

就像走进世外桃源一般,在这僻静的长安城的郊外,他似乎在灿烂的桃花后隐约看到一户院落。它若隐若现,带着神秘的光晕。

一缕晚风偷偷钻进了他的衣衫,崔护清醒了许多,烦愁也跟着渐渐淡去。暮色时分,崔护有些乏累,便朝着那散发着浓郁田园气息的院落寻去,想去讨口水喝。

临近山脚处,只见在大片桃花掩映中现出一角茅屋。

这是一座竹篱围成的小院落,修整得格外整齐,正值晚饭时分,屋顶飘着烟火气,隔着院墙还能听到院落里的阵阵犬吠。崔护不住感叹:"桃花林处还有如此别致的烟火人家。"

他走到了院落门外,只见一亩田开舍边外,半数桃红挂篱栏。他一边陶醉于眼前的田园美景,一边叩门。

只听院子里应答:"是谁啊?"这声音非常温柔,听起来像是十七八岁的少女。崔护忙应答:"多有冒昧,小生途经此地,有些许疲乏,想向主人讨碗水喝。"

话音刚落,伫立门外的崔护听见脚步声由远及近,慢慢向院门走来。这是一扇陈旧的对扣木门,虽然看样子已有些年头,但被打理得干干净净,上面的木质纹路清晰可见。

门被缓缓打开,崔护尚不知,这一扇门后的人不只递到他嘴边一碗水,还从此偷了他的心。

门只轻轻开了几尺缝隙,一只玉手递过来一只边缘略有瑕疵的瓷碗。崔护接过碗一饮而尽,碗里面的水似乎有着山泉般的甘甜。一碗下肚,却没解渴,于是他想要和主人再讨要一碗。崔护上前一步施礼,却在略微低头的一刹那见到门里边的姑娘。

这是一位娉婷少女,一身粗布棉袍虽然比不过绫罗绸缎,却也难掩她的婀娜多姿,少女温柔一笑答道:"公子稍等,进来坐吧,我去去便来。"

姑娘的柔声细语让崔护回了神儿。只见她慢慢转身,款款走进房去。可此刻,崔护的心却咚咚作响,难以平静。

他轻轻推开木门,试探着踏进院子,只见院子里一只数月大的小犬闻声赶来,上下打量他几番便悠然地离开了。一张四角木桌置于院落内,虽然简朴却显得格外雅致,崔护在木桌旁坐了下来,望着缓步向内堂走去的姑娘。

片刻,姑娘款款而来,又端出一碗如清泉般的水,崔护似乎老远就闻到了水的清甜。他道:"有劳了。"禁不住望向姑娘的脸,却恰巧与其目光相遇,姑娘顿时红了脸,羞未作答,只是浅浅地一笑,摇了摇头。

这碗水,崔护并没有一饮而尽,而是小口嘬着,他怕喝得太快就要离开,就要和姑娘告别。

一朝才子遇佳人,一番心动情难抑。崔护并不想走,又似乎没什么理由多坐。此时姑娘却开口了:"小院偏僻,公子如何寻来此处?"显然,姑娘对这位仪表堂堂的公子也有几分好感。

闻姑娘好奇,崔护内心欢喜,一则对美丽的姑娘确实心生向往,二则因为自己向来不喜与人往来,所以周边缺少好友,几番落榜滋生的郁闷，他正愁无处倾诉。然今日巧遇佳人，他不禁喜出望外，便一五一十地向姑娘讲述了自己数载刻苦却数度落榜的辛酸经历。

善良的姑娘听得入神，崔护也自顾自地伤感，却没发现此刻佳人已红了眼圈。

女人天生带有一种母性，听了崔护求取功名的坎坷之路，顿生怜惜之感，更了解到他是一个才华不俗、一心求上进的书生。

崔护柔声问道："姑娘家中其他人呢？"

"爹爹下地做活，应该快回来了。"

一问一答后，时空陷入了"凝滞"状态。

崔护知道姑娘家人稍后归来，担心自己的意外造访对姑娘恐有不便，连累其受家人责怪，可是却又怎么也舍不得起身离去。他的眼睛里全是这位美丽姑娘——而这偷了自己心的姑娘仿佛还不知，也并不打算将心还给自己。

想到这里，崔护忍不住偷偷紧握拳头，在桌下捶着自己的腿。

向来淡泊的他，不曾拥有什么刻骨铭心的感情，虽然也见过娇艳明媚的女子，却从未有能入他的心。倒是今天眼前这位桃花林里的姑娘，深深地把他吸引了。

崔护终于鼓足勇气，起身温柔施礼道："小生冒昧，敢问姑娘芳名？"

姑娘脸颊微微泛红，一边回礼一边柔声答道："小女名叫绛娘。"

崔护点头:"小生崔护,定不忘姑娘芳名。今日暂且告别,他日有缘,登门再谢!"姑娘抬起头,眼里却流露出些许无奈和不舍,无声地点点头。

崔护慢慢地走向门边,姑娘相随而送。短短几步,他却一步三回头反复再看姑娘的容颜,愈发被姑娘的桃花面庞所吸引。

走到门外,他作揖辞别,姑娘还礼。他踏上归途,可没走几步却再回首,见姑娘伫立门外静静望向自己,仿佛遗世独立般孤独又安静。

此番相遇,崔护心动不舍,他对绛娘一见钟情。

回到行馆,崔护辗转难眠,他眼前不断回闪着日暮时分的邂逅。姑娘与桃花相映的脸庞,美得令人心醉。她的善解人意就像涓涓细流,滋养着崔护寂寞的心;她的善良就像屋顶那升腾起来的袅袅轻烟,让他感到亲切又踏实。

次日清晨,崔护启程归乡。他一刻也不想耽误,此时的他仿佛找到了新的动力,不再沉浸于落榜的失意之中,而是一心想着,来年待到功成名就时,娶卿归乡,两人厮守一生。

他希望一年后再来,什么都还来得及。

归乡之后的崔护,更加奋发苦读,鸡鸣而起,星稀而休。他拜访先达,不惧行程遥远,只愿疑惑能解。

他对功名的追逐之心太迫切了，一是为了证明自己的苦读没有白费，给父母一个交代，让乡亲们看到一心求学的他终会有所成就；二是为了在郊外遇到的那位女子，他一心想着高中之后，娶她为妻。

　　心中有思念，日子就过得慢，他只能借助于不断的学习去冲淡这种漫长的思念，缓释内心的煎熬。

　　才华横溢的崔护，凭借着一面之缘，画了一幅"桃树花开，女理桃枝"图。每当思念过甚时，他就抬头凝望心爱之人的倩影，以此慰藉相思之情。

　　终于，又经一年，赶考时节到了。他整理好了行囊，连夜上路。

　　此番京都之行，崔护在考场之上精气十足，行文一气呵成。他从未如此顺利，内心既得意又激动。

　　考试结束后，他迫不及待地沿着一年前的小路，找到了他无数次梦回的地方。这是一条令人激动又忐忑的小路，路的那头定是一派春意盎然的景象。

　　他心心念念的人，那个让他朝思暮想的姑娘，此刻尚不知道自己在到来的路上。崔护一边疾行一边嘴角挂笑，想象着她看到自己时候的幸福模样。

　　崔护一袭白衣，俊逸潇洒。此时的他俨然不是一年前的状态。

　　春夏秋冬轮转过这个掩在桃花林里的小庭院，他终于又来到了这个让他魂牵梦萦的地方。

马上要见到心爱的姑娘,他激动又紧张,双手微微颤抖着,像一年前一样三叩舍门,"当……当……当……"然而,一切是那么静寂。焦急的崔护等了很久也听不到应答。

显然,等待让他着急又担心。他再次叩响舍门,此时的他,多希望门里的那位姑娘能像去年那样问一句"是谁啊?"可却迟迟没有等到姑娘的回音,只有那半树桃花依旧在篱栏外,安静灿烂地摇曳着。

崔护心中的兴奋激动此时按下了"暂停键",他不得不认真面对这个意外的局面。他在门前踱步,四下打量,低头却见原来对扣木门的中间上了一把小锁。

就是这一把小小的锁,把他挡在了门外,却又像一道符,把他的心封存在了里面。他想要人心合一,却奈何不得,一时间进退两难。

崔护悲由心生,不自觉湿了眼眶。

垂下双手之际,刚让他在考场上雄姿英发的毛笔咕噜噜滚了出来,落到长着青青苔藓的地上,它上面的墨汁尚未干涸,如同他现在止不住的眼泪。崔护无力地俯身拾起,凝视毛笔,悲恸难掩,他提起笔在门板上写下:"去年今日此门中,人面桃花相映红。人面不知何处去,桃花依旧笑春风。"

收尾最后一笔,他再也握不住任何东西,手中心爱的毛笔再次落了地。他失魂落魄地离去。当年落榜的失落不及此刻心痛的万分之一。崔护离去后，在行馆一病不起。

而这所安静空落的桃林庭院，却在两个时辰后开了门锁。正是一年前的姑娘和她的老父亲。

姑娘的父亲也曾是求取过功名的文人，正因未果，才带着心爱之人来此处隐居，从小教导女儿识文断字。

可他从没有像此刻这般后悔过，为什么要让女儿有机会嗅得笔墨香？女儿在看到门板上的那首诗后，已经泣不成声。

而这一首诗，也终于让老人家明白了女儿在这一年里郁郁寡欢的因由。他心疼女儿，不觉间对这个"多情又无情的情郎"心生埋怨。

自从见了门上诗，姑娘就抱病不起。

造化弄人。一对有情人，同时病倒，姑娘日渐憔悴，崔护茶饭不思，却互相不知。

爹爹心急如焚，顾不得伤悲，四处寻医问药。可每位医者把脉过后均不住地摇头，说姑娘气若游丝，挺不了多久。老者掩面而泣。

一病数日的崔护心绪不宁，不甘心接受这种无言的结局。他从病榻上咬牙爬起，带病再次来到桃花林处。

这一路，他顾不得路两旁的乡野美景，只有行色匆匆，他恨不得马上来到小院门前一探究竟，却在临近时迟疑了，他害怕那里仍然空无一人。

伫立片刻，他终于鼓起勇气走到门前，眼前的景象令他欣喜若狂，忍不住落泪，因为门上的那把小锁不见了，屋内肯定有人！他迫不及待地再次叩响舍门。

这次，他依旧没等来那个日思夜盼的应答声，却等来了一位白发苍苍的老者。

还不等崔护询问，老者便急切切地开了口："你可是门上留诗的人？"

崔护诧异，但点头应答。

"你一年前可来过家中？"老者追问。

崔护连忙施礼："一年前途经此处，小生多有冒昧，来讨过水喝。"

老者突然忍不住痛哭："你快去看看她吧，绛儿她刚走了！"

崔护一头雾水，被老者匆忙带进内室。

这一看，崔护一阵眩晕。床上安静躺着的人，正是自己日思夜想的心上人。她的模样还和从前一样俊秀，只是嘴角少了那抹让他魂牵梦萦的微笑。此刻，她安静的模样却令人心疼。

旁边的老者哭诉："自从你来过后，女儿就整日郁郁。前不久又看到门板上的诗，结果又不见写诗的人，她就一病不起，就这样……"未等话说完，老者已泣不成声。

崔护心如刀割，他泪流满面地跪倒在床前，拉住姑娘的手痛哭不已……

"绛娘，崔护来了！是我来晚了！"崔护抱着心上人痛哭，一遍遍呼唤，不忍放手。

问世间情是何物，直教生死相许。爱情总有这样神奇的力量，它不可解释却真实地为每一对有情人都注入了能量。

在崔护的一声声呼唤中，怀里的绛娘竟然奇迹般地慢慢睁开了眼睛，她虚弱得说不出话，却有泪水溢出了眼角……

老者来不及转换情绪，带着未干的泪水立刻拿来参汤，崔护便一匙一匙地送到她的嘴边。

数日之后，绛娘渐渐精神了一些，崔护也彻底痊愈了。经历了生离死别又复得，两人之间的情感之深已无法言表，老者亲眼所见崔护对女儿的痴情与体贴，在心底也消除了对崔护的埋怨与恨，并主动提出将女儿许配给他。

转危为安，好事不断。

安顿好绛娘父女，崔护打算返乡禀明父母，迎娶绛娘。得到老人家的允许后，崔护告诉绛娘，半月内必定回返。

他匆匆回到行馆，也恰巧等来了一年一度的张榜。崔护如愿高中，喜极而泣。他连夜返家，顾不得疲乏劳顿，他将绛娘与高中之事一一告诉父母。母亲听罢，心中对这个痴情的姑娘极为认可，便很快准备聘礼，让儿子尽快将绛娘娶回家。

思念如马，自别离，未停蹄。相思若柳，飘满城，尽飞絮。

至此，有情人终成眷属，相伴一生。"惊觉相思不露，原来只因入骨。"每一种念念不忘，终会等来感天动地的回响。崔护与绛女的经历自然神奇，甚至只是传说，但古往今来的爱情却是从不缺少奇迹的。

侯门一入深似海，从此萧郎是路人
——崔郊与婢女

惊鸿一瞥，此生沦陷，你成了我用余光就能看得清的人。如果转身注定相隔万水千山，那也请在今夜，让我再为你描画细眉，明朝看你最美的转身模样，烫在我心头成为最美的伤。

赠去婢
〔唐〕崔郊

公子王孙逐后尘，绿珠垂泪滴罗巾。
侯门一入深似海，从此萧郎是路人。

生来娇艳动人的美好女子多被名门将相所喜欢和拥有，可是谁又曾想过那被拥有的女子心中作何想法。她泪流不止，沾满了罗巾。

富贵之门未必都有表面的风光，甚至像深海一样不可预知。富贵之门也不可能如我们所想的那样简单，只要你跨进去了，从此与我便素不相识，再不能往来了。

诗中所写的"萧郎",即是崔郊本人,而所入侯门之人名叫红袖,她是姑母家的一个婢女。

崔郊在文坛上并不知名,却因为爱情催生的千古名句——"侯门一入深似海,从此萧郎是路人"而被载入史册。

崔郊是唐朝元和年间的秀才,他虽写得一手好文章,但却出身贫寒,家徒四壁。

幸而他有一个稍微富一点的好亲戚——他的姑母。考取秀才后他来到临山而居、依水而栖的姑母家乡,埋头苦读,准备考试,憧憬着一举高中也好报答姑母家的"二次养育"之恩。

读书之路何其漫漫,崔郊寒窗苦读,在姑母家一住便是数年。姑母家虽然身处襄阳小镇,但姑父一直打点生意,生活也还算富足。因为姑母身体不好,家中琐碎事务便一直由婢女料理。

崔郊在姑母家中暂住的几年,婢女换了两三个,都是勤快能干的姑娘,除了为姑父姑母打理家务,也伺候他日常起居。

直到婢女红袖的到来,打破了一如既往的平静。

婢女红袖初来乍到,对一切还不太熟悉,姑母家虽然比不得名门大户,但也是错落有致的小庭院。她端送茶水三回九转,送到了崔郊的书房,见公子正在书写诗文,趁放茶盏之际轻瞄了几眼。崔郊听闻新来的婢女唤自己喝茶,下意识地抬头一看——这一眼便是缘分的开始。

婢女红袖虽没有倾城之貌,却生有一双灵动的杏核媚眼,长相清秀，身上的粗布织衣也遮不住她的优美体态。

如果不是因为一心想要考取功名，崔郊在老家已到了成婚的年纪。青年才俊爱美人，情之自然，他初尝到了悸动的滋味。

他问婢女："见你看纸砚的神态，可是识字？"

婢女羞涩地低下眉眼，微微一笑，摇摇头："公子见笑了，我不懂，但笔墨纸砚都有雅韵。我之前总路过学堂，听到过读书声。"

崔郊一听喜出望外，一介婢女生得娇媚已是难得，还有心听书看字，就更不得不令人高看一眼了。

崔郊心生怜爱："如果你愿意，以后可来书房伴我研墨，我教你识文断字可好？"

婢女眼神一亮，又有些许羞涩，可还是连连点头感谢公子，随后欢快地转身走出门口，留下崔郊一人回味着。

自此，红袖一得空便来公子书房端茶送水。

小憩之时，红袖伴读研墨，他教她研墨的手法，讲文字里的故事。日积月累，红袖已能读得些许文字。两人都十分高兴，红袖心里感谢公子的抬爱，他不嫌自己侍女的身份，反而耐心教导。

崔郊开始教红袖写自己的名字。"红"字落笔颇顺，但却因"袖"字笔画多，一时难写成形。崔郊不断示范也不得，情急之下便握住红袖的手描起"袖"字，嘴里还一边念着红袖的名字。

他一心教学，并未顾及其他。可是红袖却羞红了脸，她心里像揣了一只小兔子，咚咚跳个不停。

最后一笔收尾时，崔郊侧过脸看红袖，只见她满脸绯红，目光羞涩闪躲，样子像极了院子里的桃花，顿时心生怜爱，不觉动情。

红袖的言语轻柔，几分娇媚，每一分都随春风拂柳般地吹进崔郊的心里。而难得公子赏识，红袖也是心中欢喜，小鹿乱撞。

四季更迭，两人一有机会就会凑在一起。红袖跟着公子学习学问，崔郊品着心上人的浓情蜜意，好似一对神仙眷侣。

春来秋往，此时两人已是彼此心中的秘密，且早已成了热恋男女。只是公子与婢女——身份的差异让他们的爱情迟迟未能公开，而疼爱崔郊的姑母也丝毫不曾察觉出任何异样。

转眼迎来赴京赶考的时刻。临行前，红袖忍不住流泪，她生怕崔郊此番前去，一朝飞黄腾达，记不得红袖是谁了……

崔郊疼惜地为红袖拭泪，向心上人承诺，等他考取功名回来便向姑母坦白心意，娶她为妻。红袖泪珠连连，恋人即将远行，她自然难舍。却不承想，这一朝分别，远行在前的人却是红袖自己了。

一心读书、恋爱的崔郊并未察觉到姑母家中的变化，此刻已进京赶考的他更是不知姑父生意早就遭受变故，家中已陆陆续续变卖了值钱的家当。它们被姑母换作吃穿住行，供崔郊读书和一家老小家用，所以家中也实在没有闲钱再养婢女。

于是，姑母便以带红袖进城"见见世面"为由，想寻个善良大户家,将她卖过去。姑母的意思,红袖也尚未发觉,她已侍奉二老多年,又因与崔郊两情相悦,从未想过离去。

却恰巧这日遇到襄州城的连帅①于頔府上的家丁,他们并非寻常百姓家,挑婢女自然也是严要求。姑母主动推荐红袖,府上人见红袖模样可人,便招进了府中。

红袖这才知道姑母此番进城的用意,她哭泣不止,姑母也伤心落泪:"家中光景一日不如一日,没有能力再用丫头了。可我也舍不得随便将你送进哪个人家,生怕你吃苦受罪。今天正赶上连帅府用人,也算是你的福气,好好侍奉,将来寻个好人家嫁了吧。跟着我们,终不是个办法。"

红袖仍是央求姑母,却也知无力回天。傍晚时分,只有姑母一人返回家中。

崔郊得知红袖被卖给大户人家当婢女的消息,已是赴京赶考回归时。一晃数月,他日夜兼程,只为早日归来与心上人团聚。

可到了用晚饭时,等来的却是姑母亲自送饭过来。

"红袖呢?"崔郊察觉到了些许异样。

姑母原本并未打算将实情相告,之前因担心家中变故让崔郊应试分心,此刻也怕他为家中生计发愁。可崔郊一再追问,姑母只得道出实情。

崔郊愕然,瘫坐在椅子上。焦急万分之际,一向善良孝顺的

---

① 连帅,古代十国诸侯之长。泛称地方高级长官。唐代时多指观察使、按察使。

崔郊竟然开始责怪姑母。

姑母疼他，见状忙解释道："姑父生意失利，家中早已不像从前，无奈还要供郊儿读书，还要养活家中老小，才不得不把红袖送走。"

崔郊听罢，万念俱灰。失去红袖的他顿感天昏地暗，他的心上人就这样悄无声息地走了，来不及伤，来不及彷徨，心中郁郁难平。

他忍不住向姑母打听了于府的消息，偷偷跑出家门去看心上人。如果就此诀别，不应该连句珍重的话都没有。

当崔郊气喘吁吁地来到于府门前时，发现这扇大门确实并非他一介书生能够踏进去的。他只能在树下远远遥望，却从未等来红袖的身影。

他怎能甘心？昨天还浓情蜜意的两个人，今天便咫尺天涯。回到家里，书房中的他提笔作《赠去婢》："公子王孙逐后尘，绿珠垂泪滴罗巾。侯门一入深似海，从此萧郎是路人。"

他多么希望有一天红袖出现在自己眼前，他将"情书"赠予她，表明心意，试问彼此间是否还有可能。然而清醒后又自知，于府与自家有着天渊之别，自己的想法简直太幼稚了。

时光不负有心人，念念不忘，必有回响。

一众车马停在于府门前，树下的崔郊一眼望到了熟悉的身影，正是他日思夜想的红袖。

她此时穿着干净漂亮的粉色婢女制服，在同行人中甚是出众，旁人小声说："这些是于府新来的婢女，听说个个都是精心挑选的。看见粉色衣服那个丫头了没，听说于府还专门教着歌技舞艺呢！"崔郊听得心头一阵落寞。

他随着车马一路前行，直到寺庙才停下。到了门口，一众家丁婢女扶着各位夫人小姐进门，红袖在后面整理于家的随身包袱。

崔郊突然出现在她眼前，她一时又惊又喜，又悲又伤，匆忙之间竟然一时语噎。嬷嬷召唤婢女，崔郊一听连忙塞给红袖一张纸条，正是他所作的《赠去婢》，可是这一幕却正好被历经世事的嬷嬷看在眼里。

嬷嬷面色凝重，强势地向红袖要来了纸条，打开却看不懂这上面写的是什么。此时的红袖又担心又害怕。

红袖一路随着队伍内心忐忑地回到府中，嬷嬷将此事报给了主人于頔。连帅打开纸条低头查看，红袖不敢抬头。

岂料主人读罢后，却并没有责罚红袖，反而对着纸条轻轻点头。他问红袖："你可认识这作诗之人？"

她害怕地点点头。

连帅继续问道："他是谁？如今身在何处？"

红袖一个婢女，自然不敢撒谎，她无奈地将事情原委一一道出。

连帅一边听着一边吹着热茶，听红袖如实说完后，若有所思,随即畅快一笑:"好一个痴情的崔郊,好一个'从此萧郎是路人'!既是如此,情不可负,我愿成人之美,速速找崔郊前来。"

屋内,一个一头雾水的红袖,和一个未知是福是祸的崔郊。

于頔看过他们后点头称赞:"好一对璧人!你既钟情于红袖,我便将她正式许配给你,且赠礼金万钱,以供你二人谋生,让你们不再漂泊!"

崔郊错愕地抬起头,不敢相信自己的耳朵,这一切仿佛是梦。白天他为了见红袖一面,还曾像个"窃贼"一般尾随队伍,几个时辰过后,他竟然要牵红袖之手,与她喜结连理!

连帅竟然如此厚待自己,此情此恩如何报答!待缓过神来,崔郊感慨不已,连连鞠躬。这份深深谢意既是以崔郊的身份叩谢连帅的恩情,又是以男人的角度钦佩于頔的胸怀气度。

至此,"一入侯门深似海,从此萧郎是路人"这句诗戏剧性地让他抱得了美人归,两人相伴走出了于府。

惊鸿一瞥,此生沦陷,你成了我用余光就能看得清的人。如果转身注定相隔万水千山,那也请在今夜,让我再为你描画细眉,明朝看你最美的转身模样,烫在我心头成为最美的时刻。

曾经沧海难为水,除却巫山不是云

——元稹与韦丛

在你之后,此生再无惊鸿一瞥。繁华人世,纵有千万花开,我却心有偏爱;纵有风情万种,却只甘愿为你一人饮尽悲欢。

离思五首

〔唐〕元稹

自爱残妆晓镜中,环钗谩篸绿丝丛。
须臾日射燕脂颊,一朵红苏旋欲融。

山泉散漫绕阶流,万树桃花映小楼。
闲读道书慵未起,水晶帘下看梳头。

红罗著压逐时新,吉了花纱嫩麴尘。
第一莫嫌材地弱,些些纰缦最宜人。

曾经沧海难为水,除却巫山不是云。
取次花丛懒回顾,半缘修道半缘君。

寻常百种花齐发，偏摘梨花与白人。

今日江头两三树，可怜和叶度残春。

  你左右环顾镜子里脸上残留的红妆，娇羞一笑，头上插着的钗环也跟着微微颤动，越发显得楚楚动人。

  此时太阳已初升空中，阳光照在脸庞上，你原本就涂了胭脂的脸颊微微泛起红晕，那种青春美态就像是一朵被唤醒的红花娇艳动人，在静谧的阳光中绽放。

  周围的环境极其清幽，山泉水叮咚作响，小楼被错落别致的桃枝掩映，显得格外精致。

  虽然你已经起身梳妆，可日光正好，我还慵懒地躺在温暖的床榻上，手上悠闲地翻着道教书文，眼睛却透过水晶帘帘缝望向正在梳妆的你，这个画面美得不可言喻。

  你在房里新布置了红罗轻纱，增添了几分情调。因这红罗总是追求别致的花样，这次纱布上又绣了鹦鹉般的鸟儿，生动有趣。

  你一边理头上的发钗一边回头和我说，这种红罗虽然看起来材质薄，但偏偏这种看得见经纬脉络的料子舒适度最好！

  曾经的温存时刻历历在目，惯性般地回闪在脑海。

  一个人如果曾经领略过苍渺的大海，就觉得它的浩瀚与辽阔是无法超越的；如果曾经仰望过巫山头顶的云霭，就算别处的云再洁白也都黯然失色。

纵有百花齐放，我却心有偏爱，只摘了一朵洁白的梨花插在你的头上。只有它才能形容你的美，洁白如玉，尘中不染。

这一切仿佛如昨，却美好得凛冽。

如今我却像江边那三三两两的树木一般，它们彼此不说话，不拥抱，不闻也不问。只有默默轮回的春秋、满树梨花凋谢后的叶子，伴我一起度过残春。

文中的"我"是元稹，而"你"便是元稹的爱妻——韦丛。

元稹写这几首诗时，他的爱妻已去世多年。这几首悼念之诗，不言伤而更显伤，不言欢喜却处处显现出两人恩爱的画面。

世间纵有千般好，却只许你一人在我心头徘徊；人间纵有万艳可寻，却再也无法激起心中波澜。而这一切，都是在遇见你的那天开始的。

元稹，字微之，河南洛阳（今属河南）人。

元稹自幼聪明好学，颇有才华。据称，他"九岁能属文，十五两经擢第，二十四调判入第四等，授秘书省校书郎，二十八应制举才识兼茂、明于体用科，登第者十八人，稹为第一"。如此这般，评价其才高八斗也不为过。

《旧唐书》有记载："稹性锋锐，见事风生。"可见于才学、于为人、于出身，元稹少年相对得意，堪称人生盛时。

为了闯荡出更好的前途，一展雄心壮志，无数文人骚客跋山涉水奔赴长安，元稹自然也不例外。

他自信满满地离开家门，怀揣希望，踏上了求取功名之路。白日赶路，夜里挑灯，此时已有些名声的元稹只为一朝中举。数载苦读，他终于迎来入试的时刻。

然而，令元稹自己也没想到的是，他居然一朝落榜！

这对于少年得志的元稹来说，无异于晴天霹雳。他怎么也想不到苦读的自己，会迎来这样的结局。他的才华横溢在当时已是公认的，不少文坛大家也有耳闻。如此一朝应试，却名落孙山，他不禁感到又滑稽、又讽刺，不觉间心生郁闷。

然而世事难料，彼时的长安落榜，却意外地为元稹开启了另一段人生旅程。

太子少保韦夏卿，听闻一位才学过人的年轻人不幸落榜，细听来发现正是自己颇为中意的少年英才元稹，心头不禁一震，也为之惋惜。

已是过来人的少保大人生性豪爽不羁，十分开通。他认为年轻人一时遭遇坎坷不是坏事，反而是人生难得的宝贵经验。于24岁的元稹来说，壮志未酬，但来日方长，这种历练断不可少。

少保早就看出元稹其家族虽然没落，但身上仍有大家风范。对元稹的欣赏与偏爱，让少保此刻顿感如获至宝，便想让他成为自己的女婿。

此时少保家中小女韦丛正值双十年华，遂将心中珍爱的小女韦丛许配给元稹为妻。他告诉女儿，元稹绝非等闲之辈，前途不可估量，相信他是一个有未来、值得托付的人。

父母之命，女儿自是顺从，更何况所许之人有才有德。

元稹听了少保之意，不禁受宠若惊。堂堂少保大人的千金，自己何德何能得其芳心？但此事一经提出，元稹亦是欣然允下。此中，元稹不免有些许政治上的私心，一朝落榜的他确实也想借少保的朝堂地位为自己的仕途铺路。

同时，元稹心中也明白，韦丛贵为名门千金，精通琴棋书画，那自然未必擅长持家，也可能不及寻常女子那般体贴入微。元稹甚至认为，她从小锦衣玉食，与此刻的自己和没落的家族有些门不当户不对。

不过，这些都没有影响他迎娶这位千金小姐的决心。24岁时的元稹一身喜服，终于将他的新娘娶回了家。

一处是堂堂韦府，一处是没落家族；一个是千金小姐，一个是落榜书生。

新婚之夜，元稹有些踌躇，迟迟未掀开新娘盖头。他曾拜访过韦府，知道它有多么华丽，可如今将新人娶进自己的家里，他实在羞于掀开她的盖头，因为就连这眼前的新房，也不免有些寒酸。

蜡烛已燃半。元稹一声不吭地坐在桌前，新娘也无只言片语，端坐在床头。元稹满心担忧，怕这盖头一掀，这位千金大小姐会失望至极，甚至会后悔嫁过来，那是何其狼狈的局面！

或者，新娘虽然顾及大家礼仪，不哭不闹，但如果她流露出失望和恐慌的神情,也必然会如利刃一般刺伤自己敏感的自尊心。

此时,端坐了几个时辰的新娘仿佛撑不住了,她手微微紧握,轻轻揉了几下僵麻的腿,虽然动作轻微,但都被元稹看在眼里。

元稹终于鼓起勇气站起身,他走到新娘面前,轻轻试探着掀开了盖头。

只见韦家千金朱唇皓齿,眉清目秀,她的容貌让元稹看得出神。她不是国色天香,也并非倾国倾城,却像一股清泉一般,使得这个夏天的夜晚都变得清凉。

新娘抬起头,目光与元稹的目光交汇,羞涩含笑。

而后如元稹预料的一样,她环视四周,目光中显得对一切都有些陌生。

是的,她当然要看看,这里将是她与夫君共同生活的地方,每一处都将属于自己的地方……

"家道中落,自然与韦府不能相比。这里没有锦衣玉食,也没有成群的侍女……"元稹愧疚又试探地说着。

新娘韦丛慢慢起身,浅浅的微笑挂在嘴角,她看着玉树临风的元稹,不住地摇头,她告诉元稹她所要的一切都在眼前。

元稹大喜,紧紧握住韦丛的双手。

婚后两人十分恩爱,韦丛也非常地体贴,夫妻恩爱百般,这是元稹始料未及的。

而在韦丛的心里，受父母之命嫁于元稹后，韦丛发现父亲所说不假，元稹确实才华横溢，她每每都会被深深地吸引。

渐渐地，韦丛在女从父命式的婚姻中找到了心有所属的微妙感觉，她对这个少年郎有着极大的好感，而恰恰自己是他最亲密的枕边人。

韦丛和绝大多数女人一样，满心满眼全是心爱之人的一举一动，幸福的滋味慢慢地浸润着她的心头。

韦丛热烈的爱也感染到了元稹，他发现这桩被安排的婚姻，不单在政治上能够助自己一臂之力，使他的仕途也变得更加坦然，这婚姻也让他充满着惊喜。

他惊喜于韦丛骨子里大家闺秀的韵味——能谈诗，能抚琴，却也能随着自己过清贫的生活。

韦丛初学打理生活中柴米油盐的学问，家里不但没有鸡飞狗跳，反而乐趣横生，这大大超出了元稹的料想。得妻如此，元稹如获至宝，两人的婚姻也从带有浓厚的政治色彩，开始变得更具烟火之气了。

韦丛乐此不疲地为丈夫研墨，两人一起探讨诗词歌赋，共赏风花雪月。

时光如梭，七载光阴转瞬即逝。二人在这七年中伉俪情深，元稹的仕途也顺风顺水，一路高升。

然而，天道忌全。正待岁月静好时，二人婚后的第七年，年仅27岁的韦丛突然身患重疾。

　　元稹四处求药，花光家当，寻遍京城内外名医却依然于事无补，最终还是无力回天，年纪轻轻的韦丛留下了孩子和她深爱的人，永远闭上了眼睛。

　　元稹的悲恸可想而知。

　　日日夜夜，他不断地回想着和妻子曾经的美好画面，深陷于对亡妻的思念之中，痛苦之感犹如万箭穿心。

　　酒醉酒醒中，元稹挥笔留下篇篇巨作，却仍然不能诉尽对亡妻的想念。

　　你是韦丛，于别人是平凡的姑娘，于我，却是心中挚爱。

　　"曾经沧海难为水，除却巫山不是云。"在你之后，此生再无惊鸿一瞥。繁华人世，纵有千万花开，我却心有偏爱；纵有风情万种，我却只甘愿为你一人饮尽悲欢。然而，你已离去，世间从此便没有未来可期了。

此情可待成追忆，只是当时已惘然
——李商隐与宋华阳

谁道人无年轻时，谁道不是痴心人，然痴情又负心，却不再是当年情。"星沉海底当窗见，雨过河源隔座看。"

锦瑟
〔唐〕李商隐

锦瑟无端五十弦，一弦一柱思华年。
庄生晓梦迷蝴蝶，望帝春心托杜鹃。
沧海月明珠有泪，蓝田日暖玉生烟。
此情可待成追忆？只是当时已惘然。

瑟有二十五根弦，听起来多却根根不可缺，每一弦都有自己的韵律职责。但无论擅长什么音质音色，它们却有一个共同点，都是在诉说对美好年华的思念。

庄周在梦中化为翩然的蝴蝶，望帝化身为杜鹃，在暮春啼苦，表达春心哀怨。

大海上明月高照，鲛人的眼泪化成了珍珠，在蓝田的暖日中美玉的玉气升腾如烟。而美好高洁的感情，令人不敢亵渎，又让人无法亲近。

只叹那些明明美好至极的年岁和故事，只能在回忆中闪烁，心酸也罢，幸福也好，只能都是过去时。时光不会重来，如今只能在回忆中感叹。

李商隐，字义山，生于郑州荥阳（今河南郑州荥阳市）。

当时的唐朝皇室推崇道教文化，崇道之风始于高祖李渊，后来逐渐掀起高潮，甚至有不少公子王孙、文人墨客也会去道观修身养性，短则一两月，长则以年计算。

而每每公子王孙前去修道，随身侍从是一人不少的，甚至还有歌伎一同入观。这让原本的清修之地添了些尘世色彩，钟磬梵歌不再枯燥，反而更加神秘。

而像李商隐这样的大文豪自然也是清修之地的座上客。他虽出身贫寒，十岁丧父，但天姿不俗，少年时便学识不浅，十六岁时才学出众，然而却屡次追求功名而不得，内心不免失落。

自省之后，他意识到，也许是自己道家学问的根基还不够稳，清修不够，自然思想受限，于是前往王屋山的主峰玉阳山学道。

比起不少富贵官家的跟随大流修道，文人墨客则相对认真，他们潜心修学，通读《道藏》，在经典文化上探讨推敲，领悟真意，其收获在文学作品中也是有很多体现的。

李商隐的爱情故事便是从修道之行开始的。在清修期间，一条通往道观的林间小路上,他遇上了一段让自己一生都饱受争议的爱情。

那日正是午后阳光明媚时,一位提着浣洗衣物的女子临溪而坐。她衣着打扮不凡,相貌出众,举止不俗。这正是陪同公主入道修身的宫女,名叫宋华阳。

李商隐行至此处,突然脚下一滑,不慎摔倒。不远处正在浣洗衣物的宋华阳被吓了一跳。

正值盛年的李商隐迅速从地上爬起,拍了拍身上的泥土,却发现着地的瞬间不慎弄脏了衣服。他左右眺望,见一条小溪从山间穿过,便想着去溪边处理衣物。

此时的宋华阳临溪而立,正在谨慎地望着李商隐。李商隐举目看去,不觉心头一震,他觉得眼前这个女子气质不凡。

李商隐来到溪边。一个男人处理起衣物总显得笨拙,眼看他触不到背后脏了的衣角,宋华阳主动上前去帮忙。

李商隐表达谢意,转过身去背对着宋华阳配合她为自己处理污渍。

"姑娘可是山中人?"

"我是陪主人入观清修的侍女,在此浣洗衣物,恰巧碰见公子。"顷刻间,宋华阳已将衣角处理干净,李商隐转身施礼答谢,并自报姓名,顺便询问宋华阳的姓名。

宋华阳听闻眼前人正是才高八斗的李商隐,不觉惊讶万分。

她心中倾慕李公子已久，经常读着他的诗至夜深。她曾在脑海中描绘过他的样子，想象着一个多情且拥有细腻内心的男人，到底会长什么样。

如今他就站在自己面前，宋华阳内心的喜悦溢于言表。

宋华阳温婉施礼，告知李商隐自己的姓名，更言及她对李商隐的仰慕。

李商隐似乎在一个小意外中开始了一场美丽的邂逅，闻听宋华阳对自己的盛赞，略觉惭愧，却也掩不住内心的喜悦："我本是去观中修行，途经此处而已。"他并未多说什么，却仿佛自带光芒，让心仪已久的宋华阳初见就有些许迷失。

李商隐是往来玉灵观与清都观之间的修道学者，而宋华阳恰恰住在玉灵观，如此一来，两人似乎有了更多的接触机会。

李商隐自是见过美艳女子的，也遇到过不俗的才女。但像宋华阳一般如温泉一样令人舒服的美丽，却还是第一次见到，这也是初见宋华阳时他内心的感受。

侍行寂寞，今日偶遇风度翩翩的李商隐，宋华阳不觉间芳心动矣。

两人短暂相遇之后，各自回到住所皆辗转反侧。思念这种情愫难以控制，越是不去想，想得却越甚。

于是，第二天，李商隐便又来到两人相遇的林间小路，故意等待佳人再现。

心有灵犀一点通，同样一夜未眠，陷入情思的佳人也再次来到此地，手上仍旧拿着昨天浣洗好的衣物作为掩饰。

如此，青年男女间的一见钟情，便发生在开放的唐朝盛世中了。男未婚女未嫁，虽因为宋华阳特殊的身份而不能太大张旗鼓，却也不至于有违伦理，于是两人迅速坠入爱河。

而初遇时的林间小路和溪流，也成了他们爱情的见证者。两人只要一有空闲，就会在溪边相见。

李商隐谈古论今，宋华阳就痴痴地望着。她为公主浣洗衣物时也会捎带上李商隐的衣物。这种静谧的深山二人时光持续了一段日子，宋华阳问李商隐对未来有何打算。

李商隐的沉默中流露出无奈，虽然宋华阳样貌出众且十分贤淑，但李商隐胸怀大志，且自知男儿重任在肩，恩师也给予厚望，且他深知陪公主修道的婢女一旦入道是不可婚嫁的。在这样的情境下，宋华阳的追问令他满心踌躇。

李商隐享受着爱情而不沉醉其中，他提醒自己发乎情，止于礼。因宋华阳的特殊身份，他无法给出更多的承诺。

显然，宋华阳要的是一生一世一双人，可李商隐知道，他们二人更多的可能是深情的过客。

虽然一再自省，绝不可有非分之想，不可逾矩，可是热烈男女，你情我愿，自然是干柴烈火。然而激情过后，总有残局。

没过多久，宋华阳怀有身孕了，虽然生在唐朝盛世，但开放有度，宫中侍女正在修道之际怎可能有私情？

眼看着这件事再不能隐瞒，宋华阳索性向公主坦白。可即便是这样，也不能弥补错误，公主大怒。一个文人墨客，一个清修宫女，深山之中未修身得道，却不计后果私订终身，于是公主下令将宋华阳召回领罚，而李商隐则被驱逐下山。

美好的爱情，在这一刻却不再美好了。

宋华阳伤心欲绝，李商隐也失魂落魄，两人来不及告别就已分别，品尝着热恋但此生不复相见的苦果。

然而面对爱情，男女终究有别。宋华阳爱上一个人，一爱便一生；李商隐动情一个人，情之所起一往而深，情之所终潇洒转身。是的，人生太长，寂寞太久，他不能像她一样，忠守承诺只爱一人。

再往后的岁月，李商隐也许另有新欢。可面对漫漫人生铺天盖地而来的寂寞，他还是隐隐作痛，宋华阳怨他，怨他不能像候鸟一样守候爱人的归期，即便她明知归期无期。

时光荏苒，转眼又是几十年。夜雨淅沥，撕开往日伤口。遥想起当年初见宋华阳时的模样，美好而恬静，却不知此番相遇为她带去的痛苦远远大于幸福，自别后再不复相见。

今夜浊酒一杯敬时光，清酒一杯敬华阳。如果时光能够回转，李商隐多想回了华阳当年那句问话，告诉她自己心中愿与她相守一生，这样即便结局纵有无奈，她也会心甘吧。

如今，世事沧桑，错过当时便只能空守回忆，李商隐遂提笔，心念华阳，写上《碧城三首》：

碧城十二曲阑干，犀辟尘埃玉辟寒。
阆苑有书多附鹤，女床无树不栖鸾。
星沈海底当窗见，雨过河源隔座看。
若是晓珠明又定，一生长对水晶盘。

对影闻声已可怜，玉池荷叶正田田。
不逢萧史休回首，莫见洪崖又拍肩。
紫凤放娇衔楚佩，赤鳞狂舞拨湘弦。
鄂君怅望舟中夜，绣被焚香独自眠。

七夕来时先有期，洞房帘箔至今垂。
玉轮顾兔初生魄，铁网珊瑚未有枝。
检与神方教驻景，收将凤纸写相思。
武皇内传分明在，莫道人间总不知。

　　谁道人无年轻时，谁道不是痴心人，然痴情又负心，此情已不再是当年情。"星沉海底当窗见，雨过河源隔座看。"

　　今晚的他梦中重回23岁，意气风发，邂逅初恋宋华阳，良辰美景中一地清霜。醒来见满地清冷的月光，已是深夜秋凉。

第三辑

相思年轮刻入骨

人比黄花瘦

——李清照与赵明诚

一生只够爱一人，你来了，便不会走，你牵起我的手，就是要携手白头。爱情的模样是眼里含月，可自从遇见了你，月亮就化开了，成了湖心里荡漾的珍珠泪，流不完，擦不干。

醉花阴·薄雾浓云愁永昼

〔宋〕李清照

薄雾浓云愁永昼，瑞脑销金兽。

佳节又重阳，玉枕纱厨，半夜凉初透。

东篱把酒黄昏后，有暗香盈袖。

莫道不销魂，帘卷西风，人比黄花瘦。

弥漫的薄雾与浓密的云层交织，忧愁难挨，时间漫长得像等不来日暮一样。金兽香炉中升腾着龙脑香的青烟。

不知不觉间又到了重阳佳节，朦胧的纱帐里，暖不了冰凉的玉枕，睡卧到夜半时分，凉意就浸透骨髓了。

在东篱边饮酒直至黄昏后，空气中弥漫着淡淡的黄菊清香，钻满了衣袖。

这清秋时分,总会让人黯然神伤。萧瑟西风阵阵,吹卷起珠帘,而帘内的人比那黄花更加单薄消瘦。

能在萧瑟之时把酒黄昏后,能在失意之时嗅得到暗香盈袖,是何等的洒脱!

李清照颇具生活情趣与品位,这与她出身书香门第关系密切。年少时,身为礼部员外郎的父亲为其创造的家庭生活相对优渥,李清照因此自幼就受到了良好的教育。

且李清照的父亲本身也极其喜爱藏书,她自小在书香氛围下成长,博学多才也就不足为奇了。但是,能得旷世女词人的美誉,李清照可称得上是位传奇女子,她的婉约派诗词历经岁月沉淀,早已成为中华瑰宝。

一代佳人爱才子。比起古时众多的凄惨爱情中的佳人,李清照是幸运的一个,至少她遇到过、也拥有过。

在李清照长到出阁的年纪,李父却颇为踌躇,因其才华远在普通人之上,而且知女莫若父,李清照生性浪漫,恣意洒脱,想要找到称心如意的夫君实有难度。

爱女心切,李父始终没有停止为女儿寻觅如意郎君。然而李清照则不以为意,此时她正沉醉于《如梦令》的浪漫中:"常记溪亭日暮,沉醉不知归路。兴尽晚回舟,误入藕花深处。争渡,争渡,惊起一滩鸥鹭。"

父亲当朝为官,人脉甚广。适时,吏部侍郎的儿子赵明诚闯进了李父的眼里。而赵明诚恰恰仰慕李清照的卓越才华,吏部赵大人便主动与李父谈起儿子的婚事,向李父表明了心意。

赵明诚出身名门,才学不浅,两人可谓门当户对,天作之合。两家父辈相互欣赏,颇为满意。这桩婚姻来得像一缕春风般自然,像东去流水般顺理成章。

李清照与赵明诚未曾谋面,只各自从家父口中得知对方也是爱好文学之人,与市井俗民大不相同。

才子佳人谨遵父命,在家人的祝福中拜堂成亲。

花好月圆,夜色初上。

赵明诚微醺步入新房,按照礼仪挑开盖头,与李清照喝下交杯酒。酒杯尚未放下,赵明诚微笑逗趣:"说说你误入藕花深处的酒态如何吧!"

李清照乃才女中的风雅之士,出身不俗,自然也是落落大方:"小兴酌酒,贪杯即醉。"

放下酒杯,赵明诚深情望向李清照:"自今日后,夫人酒罢归途有我,再不会走错路了。"

李清照虽闻赵明诚为才学之人,却不晓得其风流倜傥的外表下,还有柔情藏于心,满满的甜蜜不禁浸润了心头。

婚后的生活一如父辈所言的融洽。两人都出身世家,自小热爱诗书，李清照一代佳人，才情出众；赵明诚翩翩公子，胸怀大志。

可想而知，赵诚明定是足够优秀，才能获得才女倾慕。他一边有着丈夫的担当，一边充满着情人的浪漫，让李清照深深地爱上了他。

婚后不久，赵明诚出于仕途的原因，无奈偶尔会与李清照小别。

可婚后两人感情渐浓，如胶似漆。即使在古时书信往来是耗时之举，也磨灭不了思念的炙热，两人常常挑灯夜下，津津有味地读着心上人的来信。

此番又与丈夫两地相隔，李清照思念难耐，作了一首充满思念的《醉花阴》：

薄雾浓云愁永昼，瑞脑销金兽。佳节又重阳，玉枕纱橱，半夜凉初透。

东篱把酒黄昏后，有暗香盈袖。莫道不销魂，帘卷西风，人比黄花瘦。

自从与丈夫小别后，她只觉茶饭无味，美酒虽香却也无心品鉴，思念就快成疾，自己也日渐消瘦，这是身在爱情中典型的小女人的娇嗔状态。她将这首词寄给了异地的赵明诚，日夜期待他的回信。

而赵诚明在情感上也能感同身受，收到妻子的词作后，顿觉那份思念跃然纸上，满心尽是甜蜜欢喜。待品读过后，愈发觉得妻子才情过人，大有如获至宝之感。

于是，赵明诚提起笔墨欲一抒心中相思，可刚提起笔墨又心生趣味之计——他故意将自己创作的诗句掺杂在李清照的词间，还未完成时恰遇友人来访，赵明诚仍沉浸在妻子的才情里，喜不自胜。

他拿起自己创新的"新作"让友人品读，并要其评说诗中的精髓所在。友人看过后，连连连对这句"莫道不销魂，帘卷西风，人比黄花瘦"大加称赞。

赵明诚故作消极状态，说这恰恰是妻子李清照所作，言语之外尽是自豪骄傲的味道，友人惊叹："旷世奇才！"

李清照是旷世奇才，可她也是一个女人，归属于那个时代的女人……

李清照以为自己会这样一直幸福下去，然而好梦终有醒时。

她生不逢时，那是一个男权时代，稍有一点家世背景的男人娶上三妻四妾都是平常的事。

分隔两地的日子越来越多，男人走得进婚姻，却守不住寂寞。

赵明诚身边有了其他女人，这其中不乏美艳欲滴的娇娘，也可能还有一朝相遇的露水情缘。

李清照不敢去想，也不忍去问，可她写的词字里行间却道明了她的伤心。在婚前，她的词潇洒清丽，婚后不久则满是爱恋中小女人的幸福，然而走到中段时，已有掩饰不住的人生落寞感。可是她已然爱上了赵明诚，爱情一旦滋生，就再难从根部真的枯萎。

可屋漏偏逢连阴雨。就在两人感情渐生出微妙之状时，家族也遇变故。李清照的父亲被查出与当时朝廷的"异心叛党"有牵连，无奈被罢官免职，这对那时向来注重名誉的李家可谓致命一击。

身为女儿家，李清照怎能对娘家之事袖手旁观，于是她连夜上书为父亲求情。恰巧，公公是本案的审判者之一。

她恳请公公顾念两家亲情，出手相救。但公公却在政局大势上无能为力，且这时正是此案的敏感时期，更不敢以亲家的身份上书翻案。

无奈，李清照只能眼看着家族衰落，她心中充满对娘家的愧疚与心疼，也深觉愧对父亲。

经此一事，她和丈夫家的关系一时敏感起来。

也许是童年过于幸福，又少年得志，李清照前半生拥有的那些，都在后半生被一一剥夺。

遭受家庭变故后，李清照和赵明诚两人无论从二人情感还是与对方家族关系方面都大不如从前。而此时，赵明诚也遇到了人生坎坷。

他出任了江宁知府,然而他的政治之路却被自己断送也没有一个光彩的结局。

赵明诚上任不久,值守的城池突然遭遇地方叛乱。叛军仿佛势不可挡,对于一切抵抗者都杀无赦。

侍卫奔进堂内匆忙禀报最新战况,吓得三句话只说了两句半。可就在侍卫向赵明诚禀报的慌乱之际,他还没有听全,就即刻收拾起随身的行李了。

侍卫见此情况傻了眼,他虽然是一个小小侍卫,但从未见过这样的地方知府,一时语噎,还未说完的话也突然停下。

赵明诚全然没有全力抵抗的意思,更没有时间和胆量运筹全局,他觉得凭借一己之力无法拯救百姓于水火之中,不如投降保平安。

他的行径让人大跌眼镜,他连夜顺着绳子翻越高高的城墙——"将军当了逃兵!"

次日,叛军撤退后的江宁城万籁俱寂。

赵明诚返回府内,却见一片狼藉。他试探着走进屋里,见昨夜向自己禀报的侍卫还在,却全然没有施礼的意思。他自知,他的此番行径,令自己还没有坐热的知府位子易主了。

世人皆知李清照虽身为女子,却也有性情刚烈的一面,她晚期的作品有云:"生当作人杰,死亦为鬼雄。至今思项羽,不肯过江东。"显而易见,她是一个爱国人士,心怀家国。

可她万万没有想到,自己的丈夫会做出这等不堪之举。

她在得知丈夫身为地方知府，本该是坚守到最后的人，却当了一个担心绳子不够结实，反复搓捏的逃兵时，顿觉羞愧难当，对赵明诚心生失望和愤恨。

而赵明诚在有此举之后，仕途也如预料中的一样中止了。

一个人犯了错后，内心也就变得敏感起来。平日里往来的友人此时也都远离了他，他本人更成为百姓茶余饭后的笑柄。

李清照虽未直言，但从她的脸色中也不难分辨她的失望。他思来想去，愈发觉得自己的胆小都令自己讨厌。

世人的流言蜚语就像天空中下的雨，任你怎样躲闪，终究会溅到身上。一来二去，赵明诚终于积郁成疾，抱病不起。

李清照依旧照顾着他的生活起居。毕竟夫妻一场，崇拜固然破灭，爱情虽然远逝，但情分还在，人性的善良还在。

赵诚明心中五味杂陈，他躺在病床上虚弱地问李清照："这一生，可否悔于嫁我？"

李清照一边动作娴熟地倒水，一边回应道："你我夫妻，何谈悔憾？"她没有正面回答赵明诚，也没有停下手中的活计，更没有像成婚之初时，听得明诚的情话就满脸绯红、满心甜蜜。

一个细雨纷飞的初秋，赵明诚因病离世。

此时的李清照，经历了爱情的美好、世事的不堪到最后的离别，显然已不像当年活泼开朗，她的词也从早期的清丽爽朗，变为充满了凄凉无依。

是生活让李清照硬生生地长大了，于是她的《声声慢》写道：

寻寻觅觅，冷冷清清，凄凄惨惨戚戚。乍暖还寒时候，最难将息。三杯两盏淡酒，怎敌他、晚来风急。雁过也，正伤心，却是旧时相识。

满地黄花堆积，憔悴损，如今有谁堪摘。守着窗儿，独自怎生得黑。梧桐更兼细雨，到黄昏、点点滴滴。这次第，怎一个愁字了得！

个中滋味，大有一江愁绪向东流的意味。

曾经的李清照为爱而活，如今的李清照为生活而活。在赵明诚去世后，她迫于生活也经历了再嫁，无奈却仍然以悲剧收场。现实的残酷让一个少女成长为一个女人，让一个幸福的女人变成了一个孤独的人。

当经历过这些之后，她感受到了生活的残酷，也开始理解丈夫曾经的过失。在世事的无情和不堪面前，原来很多错误和失误都是可以被宽恕、被原谅的。如同自己明明想把这一生过得圆满，却偏偏总是置身残局窘境之中。

人生在世，原来有诸多身不由己。

就这样，晚年的李清照，开始为赵明诚整理生前遗留下的一切。她不确定他们的爱情算不算失败,但她清楚当年的相遇、相知,是真的一片赤诚。

她想为赵诚明再做一件事,那就是佐证他并非大家口中的那般怯懦,他在一生中,尚可算良人一个。

没有人比她自己更清楚,为了生活所迫她再次嫁为人妇后,身处水深火热之中是怎样一种心境。思想上的共鸣,灵魂上的伴侣,是可遇而不可求的,自从赵明诚之后,她便再也没有遇到过"离她内心更近的人"。

所以,晚年回首,她觉得自己仍然最爱赵明诚,而他也确实曾为自己动过真情。

李清照的人生仍然是幸运的,因为与绝大多数受封建礼教束缚的女人相比,她遇到过爱情,真真切切有过一段愉快而心动的日子,有过一个温暖的港湾。这种温暖的力量,即便多年以后,也会让李清照在夜半梦醒时感觉心中尚有余温。

一生只够爱一人,你来了,便不会走,你牵起我的手,就是要携手白头。爱情的模样是眼里含月,可自从遇见了你,月亮就化开了,成了湖心里荡漾的珍珠泪,流不完,擦不干。

伤心桥下春波绿，曾是惊鸿照影来

——陆游与唐琬

你来我在，你走我留。只恨时光短暂，你给的回忆不够我回味余生，空下来的时光就只能念你的名字，那横竖撇捺在我心中怕是已经被磨得泛光了。

沈园二首

〔宋〕陆游

城上斜阳画角哀，沈园非复旧池台，
伤心桥下春波绿，曾是惊鸿照影来。

梦断香消四十年，沈园柳老不吹绵。
此身行作稽山土，犹吊遗踪一泫然。

连斜阳下的孤独城墙上的画角声仿佛也在哀痛。沈园已不复当年，这里的草木楼台今非昔比。桥下春水依旧碧绿，却是如此令人伤心，因为当年恰恰就在这里与她初遇，见到她那令人惊艳的美丽。

心爱之人去世已有四十年之久，这里的柳树仿佛也垂垂老矣，孕育不出新的柳絮。而我也已经年迈，最终会化作这里的尘土，可我仍按捺不住自己内心的"不可割舍"，禁不住潸然泪下。

这是陆游晚年再游沈园时，触景生情所作，彼时他已是七十五岁高龄。

惊鸿照影的女主角是陆游的初恋，也是他的前任妻子，亦是他的表妹——唐琬。

他一生心系唐琬，却被他们二人不幸的结局伤得最深。他与唐琬的离别是他一生都挥之不去的心中阴霾。

陆游祖上几代都走仕途，母亲唐氏的祖父甚至官至宰相，可以说出身于名门望族，由此家教严苛也在情理之中。

他出生的年代战乱不断，国土边疆屡遭进犯，于是不得不度过了一段逃亡的日子。这样的童年经历和家族教育，让他那爱国的情感种子发了芽，他也从小就被母亲教育要恪守"仁、孝、礼、义、信"的人生信条。

母亲因为出身自传统的官宦世家，自然是颇有大家风范的女子，自从嫁入陆家育儿后，就一心相夫教子，《女则》《女训》熟记于心，更是以读书治学为陆家传统去教育儿子。

这样的家境与家教，造就了陆游的家国情怀，也为他后来自己婚姻的不幸埋下了伏笔。

陆游有一个远房表妹,名叫唐琬,自从随着家人来陆府做客后,便认识了幼儿时的陆游。彼此都还是稚嫩小儿,两人一起去后花园的墙角挖蚯蚓、捉蛐蛐,陆游还爬上杏子树摘没成熟的青杏给唐琬吃,酸得唐琬眼泪都快流下来了……

时光荏苒,当初的稚嫩小儿转眼成为青春靓丽的少男少女。

陆游在母亲的教导下已经有了几分学识,且小小年纪就一身正气,还写得一手好字。虽是少年,但稚拙的诗文中已颇显爱国情怀,教导他的先生捋着胡须眯着眼睛点头感叹:"孺子可教,必成大器!"陆母颇为骄傲。

此时的唐琬已有了几分娇俏模样,再入陆园时已经懂得主动拜见陆游母亲,也就是自己的姑母大人,作揖行礼颇有几分大家闺秀的韵味。

陆母喜欢乖巧的孩子,便允许唐琬去书房找表哥,但私下里总要嘱托儿子切勿耽误学业。

陆游争气,十二岁便能作诗文,年少在文坛圈内即负盛名,深得长辈赞许。

春去秋来,斗转星移。

少女唐琬再次出现在陆游面前时,已出落成大家闺秀的模样,亭亭玉立,娇艳明媚。陆游最喜欢表妹说话时的样子,声音轻柔,一颦一笑间眉眼灵动,他心想"眉目传情"这个词大概就是表妹眉眼间的样子了。

两小无猜，青梅竹马，自是不言而喻的默契，两人总是能一起混过姑母对陆游猝不及防的"抽考"。

此时的陆游性情中已开始有了浓浓的豪迈，他胸怀天下，忧国忧民，坦坦荡荡，何等的快意潇洒！

然而，只要看到表妹，他的眼里就尽是温柔。他之前印象里的表妹还是一个跟在自己后面捉蛐蛐的小女孩，如今却已成为娇俏温柔的美人。

母亲当然能一眼洞穿儿子的心事。论出身，唐婉自是比不得陆游，但也终归不是乡野之辈，何况本是亲戚，知其门楣家风颇正。而且唐婉眉清目秀，举止落落大方。

母亲知其两人自幼两小无猜，如今到了成婚年龄，郎有情妾有意，儿子心仪表妹，唐婉也是一个能照顾好陆游的乖巧姑娘，于是顺水推舟，成人之美，主动提出让两人完婚。

陆游大喜，对母亲大人感激不尽。

二十岁的陆游如愿娶了他的初恋情人唐婉为妻。

良辰美景，洞房花烛，掀开盖头的两人对视一笑，唐婉红了脸。

"婉儿可曾想过你我会有今日？"陆游打趣道。掀开盖头的唐婉在烛火之下美得不可方物，她面若桃花，唇红齿白，看得陆游心动不已。

"表哥自小就是这样和我承诺的。"表妹狡黠地回应。

陆游端起交杯酒，邀表妹共饮……

成婚后两人极为恩爱,琴瑟和鸣。因为自幼相知,两人的感情非常深厚,平凡的日子里也不乏情趣:月下对诗,桃花酿酒,回忆年少美好,憧憬迟暮白头。

这样美好的时光持续了一年,不过三百多个日夜,他们尚不知,此时爱情的大限已到,日后留给对方的,将是绵绵不绝的苦楚。

陆游在追忆中写道:"红酥手,黄縢酒,满城春色宫墙柳。"以此来回忆两人度过的美好时光。在百花盛开、杨柳扶摇的春日里,美人呈递美酒于春色中,夫复何求呢?

成亲后的两人时常出双入对,陆游的家国情怀诗作渐渐减少,追逐浪漫的小令逐渐多了起来,这让母亲大人看在眼里,忧在心头。

眼看着两人成婚也有段时日了,可儿子似乎也没有想要考取功名以耀门楣的意思,反而一心醉倒在温柔乡,陆母慢慢地从焦急转为不满。

加之成婚已近一年,但唐琬却丝毫没有添丁的迹象。母亲大人终于坐不住了,下给儿子一道"御旨"——唐琬不能生养又使夫君沉醉美色不思进取,有辱门楣,必要休妻另娶。

这对于还在热恋中的小夫妻简直是晴天霹雳,甚至是荒唐无理的。陆游不肯,与母亲争辩对峙,母亲一病不起,慨叹儿子不孝。

唐琬此时已成泪人,她跪求婆母大人开恩,陆母却称病回避不见。彼此僵持十日有余,唐琬更是一夜之间憔悴了不少。

一边是母亲大人，一边是心爱之人。母亲病卧床榻之上，气若游丝。唐琬泪流不止，伤心欲绝，陆游夹在其间，进退两难。

生不逢时，遇不逢时。眼看着迟迟做不出决定的儿子，陆母大怒，病得更重。她限定儿子三天之内必做决断，送走唐琬。

父母之命大于天，且陆游从小接受的教育就是"仁孝"，此刻孝字当头，他不敢违抗。无奈，他颤抖地提起笔，写下休书，字字都是血泪……

唐琬离开时正值春日，像极了他们相见的时节，杏花微雨，泥土上还弥散着芳香。

她没有带走任何行李和嫁妆。

她说心里装不下这些东西了，也不想再负累了。她曾恳求姑母，也曾乞求陆游，然而世事难遂人愿，她一个弱女子无法逆转的东西太多了，只能顺着东流水做一叶扁舟，花自飘零水自流，她此时仿佛丢失了灵魂。

临别时，陆游在她身后泪流满面，他们一前一后走过熟悉的长廊，那是夜下赏月的好地方，从前从未觉得长廊这般短，今天却只走了几步就到了尽头。两人默契地伫立在原地，仍是一前一后的位置。

唐琬轻轻地再踏一步，两人就要分别了。陆游不忍，不舍。他鼓起勇气轻唤她的小名，唐琬早已泪流不止，却没有回头。

她知道，陆游无颜再见自己，她却不想见心爱之人尴尬的模样。在她的记忆中,陆游还是那个意气风发的翩翩少年郎,他发誓要捍卫家国,也承诺过要与她白头偕老。

一别之后,各自天涯。时光辗转,陆游再娶,唐琬再嫁。

此番陆游娶了母亲中意的女子为妻,生儿育女,而后考取功名,走上仕途。

唐琬嫁给了良人赵士程,他知道唐琬的过往却并不介意,反而心疼这个柔弱女子。

如果故事到这里已是结局,也许唐琬的一生也能与良人终身为伴。可偏偏命运回转,造化弄人。

陆游与唐琬多年之后在沈园——这个曾经见证过他们爱情的地方不期而遇。更准确地说,是三个人的相遇——陆游与唐琬夫妇。

繁花盛开的春日午后,陆游在沈园漫步,在园林深处的幽僻小路与赵士程和唐琬相遇。陆唐二人目光相对,不知是梦还是真,分不清怨、思、哀、怜,唐琬未有丝毫言语。

眼前的这一幕,让已被时光抚平的往事再次鲜活起来,陆游仍然深爱唐琬,可是却心有愧疚与悔恨。他见心爱之人如今已为人妇,心酸至极。

陆游一个人留在原地,伤感不已,转身在园壁上留下那首《钗头凤》:

红酥手,黄縢酒,满城春色宫墙柳。东风恶,欢情薄。一怀愁绪,几年离索。错,错,错。

春如旧,人空瘦,泪痕红浥鲛绡透。桃花落,闲池阁。山盟虽在,锦书难托。莫,莫,莫。

可又能怎样?除了徒增伤感,早已于事无补。只是当唐琬看到陆游在园壁上留下的词后也是伤感不已,忍不住回复:

世情薄,人情恶,雨送黄昏花易落。晓风干,泪痕残。欲笺心事,独语斜阑。难,难,难!

人成各,今非昨,病魂常似秋千索。角声寒,夜阑珊。怕人寻问,咽泪装欢。瞒,瞒,瞒!

看得出唐琬内心的哀怨与伤痛,多年过后仍然难平。

这次的不期而遇,开启了一段陈年往事,又牵扯出一段新时光。他们开始在园壁间留词,说不完的当年,回不去的往事。

然而,纵然时光有情,也无法逆转。自此一见,唐琬频频回忆往昔,不禁心中郁郁,身体抱恙。

唐琬在病榻之上握住赵士程的手:"我一生未曾亏欠于人,却怎样也还不完你今生的情分了,如果有来生,我再报恩。"

赵士程浅笑:"来生,你我先遇可好?"唐琬笑了,却未应答。

园壁之上再也没有见过唐琬回复的词,她在一个夏夜中离世，面容平静，心未含恨。

她的意难平，仅仅来自她的放不下，她的心从未恨过陆游，毕竟是她深爱过的人，她又能怎样？

闻讯后的陆游，大病一场，泪流成河，他一生愧对唐琬，却再无可能给她温暖。

陆游的余生都深陷于回忆与悔恨中。他恨自己年少，不能保护心爱之人；恨自己绝情，陷一个柔弱女子于一生悲戚之中；恨自己明明爱她，却又深深地伤害了她。

自此，陆游似乎"远离"了爱情，他将自己置于家国的大情大义中，一过就是几十年。这段令他刻骨铭心的爱恋与伤痛仿佛被埋藏了一样，直到后来归乡。

陆游一生责任加身，年少时他属于陆家，属于母亲；成年后他属于家国，属于朝廷；如今年迈，他终于可以做回自己。于是，他梦见唐琬的时候越来越多。

白发的陆游再游沈园——这个见证了他们爱情的故园，如今早已不似当年的模样。

再去仰望园壁，那里刻着他的青春热血和琬儿的哀怨，历经岁月冲洗仍旧清晰可见：

> 采得黄花作枕囊，曲屏深幌闷幽香。
>
> 唤回四十三年梦，灯暗无人说断肠。

少日曾题菊枕诗，蠹编残稿锁蛛丝。
人间万事消磨尽，只有清香似旧时。

无论走过多少个春秋，你都是让我心头一瞬间便酸甜的人，唐琬于陆游也是如此。

七十五岁高龄的陆游再也不用抑制情思，他顾不得在风中凌乱的白发，附《沈园二首》：

城上斜阳画角哀，沈园非复旧池台，
伤心桥下春波绿，曾是惊鸿照影来。

梦断香消四十年，沈园柳老不吹绵。
此身行作稽山土，犹吊遗踪一泫然。

陆游八十一岁，一夜梦回沈园，醒后留诗《十二月二日夜梦游沈氏园亭》二首：

其一
路近城南已怕行，沈家园里更伤情。
香穿客袖梅花在，绿蘸寺桥春水生。

其二
城南小陌又逢春，只见梅花不见人。
玉骨久沉泉下土，墨痕犹锁壁间尘。

陆游直到去世的前一年，八十四岁的他仍心有挂怀，他不顾年迈，再游沈园，作《春游》：

> 沈家园里花如锦，
> 半是当年识放翁。
> 也信美人终作土，
> 不堪幽梦太匆匆。

人们不禁为放翁的执着所打动，然而诗文可以千古流传，心意却不能隔空回响。

你来我在，你走我留。只恨时光短暂，你给的回忆不够我回味余生，空下来的时光就只能念你的名字，那横竖撇捺在我心中怕是已经被磨得泛光了。

一场酸甜苦辣的爱恋，一个女子肝肠寸断的一生。他给不了爱，却给了她一生回忆；他陪不了她，却可以将这份情坚守到暮年依旧绵绵不断。

但愿在另一个世界再相见之时，心上人已备好一杯清酒、一抹笑，逗趣道："等你有点久，怎的才来……"

心似双丝网，中有千千结

——张先与小尼

赴一场人间惊鸿宴，转身相思染眉间。红尘万丈，只为渡你而来。谈笑风生不动情，却愿为你在俗世之中思念半生。

千秋岁·数声鶗鴂

〔宋〕张先

数声鶗鴂，又报芳菲歇。惜春更把残红折。雨轻风色暴，梅子青时节。永丰柳，无人尽日飞花雪。

莫把幺弦拨，怨极弦能说。天不老，情难绝。心似双丝网，中有千千结。夜过也，东窗未白凝残月。

杜鹃声声啼鸣，预示着大好春光即将凋谢。珍惜这春色之人更加留恋，想将那残花折留。

梅子发青的暮春时节，细雨潇潇，风却正烈。而那永丰坊的垂柳，在无人的花园中终日飞絮如雪。

切莫拨动起琵琶的细弦，我的哀怨至深，琵琶细弦也无力承载。

天如果有情便不会老，天未曾衰老也说明确实真情也不会断绝。

多情的心就像那双丝网，布满千万个结。夜已过，东方却未见黎明，一弯残月清冷独挂。

这首词的作者名叫张先，字子野，北宋著名词人，与柳永齐名，虽不曾享有高官厚禄，但官至知州，一生仕途颇顺。

张先晚年退居湖杭之间，曾与梅尧臣、欧阳修、苏轼等名士游历山水。他一生钟情于诗词，是婉约派代表人物。

张先本就是个痴情之人，其词题材也多为男女之间的相思离别苦。而令他终生刻骨铭心的一份爱，却来自一个身份特殊的道家中人。

宋代重修身静心，道教盛行，甚至有不少王公贵族去道观修身养性，因此凡是能够前去道观清修的人，反倒不是寻常百姓，这也使得原本单纯的修道发展成了一种时代文化。

彼时，修身养性的道观也成了文人骚客的闭关清修之地，这让原本清净的道教之地多了一抹世俗色彩。但道教律例严苛，修行中人是不允许有男女之情的，甚至动了凡心也要受到责罚。

世间之事，愈抑愈扬。

尔时，张先已是词中魁首、文坛大家，可谓家喻户晓。张先与友人每逢十五便去庵中或寺庙清修请教。

这日，来庵中向住持问安之时，恰巧遇到一个新入庵的小尼。只见她虽然身着统一制袍，但却难掩出众的面容。显然，貌美的小尼初来乍到，一切还不够熟悉，这从她看周遭事物时那清澈如水但却懵懂的眼神就能看得出来。

听闻站在面前的人是张先，小尼清澈的眼睛里顿时流淌出笑意。她投去崇拜的目光，明显也是一位略懂诗文的子弟，因落难才来到庵中修行。

张先的猜测并没有错，小尼家道中落，走投无路才来到庵中。但与其他人略有不同的是，她自幼在家中受父亲指点，识字，读得懂诗书，这让她原本就出众的姿色又添了几分才华，站在人群之中更显不同。

一个是痴情的才子，一个是初谙世事的修行小尼，两人渐渐地互生好感。

张先月下相邀，不想小尼真的勇敢赴约。她清澈的眼睛里全是张先风流倜傥的样子，难掩痴心。"金风玉露一相逢，便胜却人间无数"，两人迅速坠入爱河。

拥有爱情的人，走路都是带风的。

初谙世事的小尼很快就暴露了自己的不寻常，但她毕竟是修行之人，此番情感被归为丑闻。庵里知道后重重地责罚了她，并从此将她送至孤岛潜心修行，远离世事。

两人泪别，此生很难再见。

友人都以为张先是一时性起，如今佳人不在，随着时光流逝，他也就不再感到寂寞了。可张先的内心却痛苦至极，他在极度失意中写下了《一丛花令·伤高怀远几时穷》：

伤高怀远几时穷？无物似情浓。离愁正引千丝乱，更东陌、飞絮蒙蒙。嘶骑渐遥，征尘不断，何处认郎踪！

双鸳池沼水溶溶，南北小桡通。梯横画阁黄昏后，又还是、斜月帘栊。沉恨细思，不如桃杏，犹解嫁东风。

想到心上人如今孤寂无助，他心如刀绞。

张先以闺中女子的口吻附诗一首，想必这都是离别之后小尼想说的话。她定是苦苦思念自己，泪流不止。无奈之下，唯有寄情于柳絮，戏水的鸳鸯，飘零的桃花、杏花来和自己诉说衷肠，而这无尽的相思和绵绵不绝的愁怨，自己又何尝体会不到呢？

光阴流转，自从和小尼一别，张先似乎和爱情绝缘了。

一生长长，不免再遇美娇娥，可是爱情之少，少到有人一生都未曾拥有。而张先，属于一别一世的风流痴情人。

说其风流，是因为在这之后，张先也有佳人美眷相伴左右，有子女绕膝欢乐不绝。说其痴情，是因为纵有佳人相伴，张先却依然会在夜半怀想起那一抹清澈的眼神。岁月已然流转成东去的浪花，数十年的光景，心爱之人必定是孤单寂寞的，想到此处，张先黯然神伤。

当年一别离，转头便是一生。此时的张先已是个头发花白的老翁,却不曾预料,时至暮年,他还能再得有情人。

这是一位貌美如花的十八岁姑娘,能让张先格外注意到她,仅仅是因为她的眉宇间和数十年前的小尼特别相像,清澈的眼神中充满无畏。张先看愣了神儿,这一幕被老友所见,遂主动将女孩送与张先收作丫头。

因为神似,张先称之为"妮儿",许是为了追忆小尼吧。此时张先八十岁,而妮儿只有十八岁。

妮儿一朝入府,甚得张先欢心。张先格外宠溺妮儿,仿佛是为了弥补心中缺憾,他并非一朝兴起,而是多年深情早已寄予伊人。

妮儿也非等闲之人,是个美貌又有文采的姑娘。她虽不能作文,却能读得懂张先的词中意,遂侍奉左右,形影不离。

张先仿佛找到了从前和小尼月下幽会的感觉。曾经的心潮澎湃在彼时需要抑制,可如今则再无人阻止这热情如火的爱恋。

年迈的张先大胆地向妮儿求爱,他当然知道彼此的年龄差距,可他更想填补自己内心的缺憾,不知妮儿是否愿意。

张先虽年事已高,却是功成名就的,他一生仕途未遇大风大浪,且此时在文坛声誉显赫,是名副其实的"谈笑有鸿儒,往来无白丁"。

妮儿年纪尚轻,对张先崇拜至极,自从来到府上,张先对她也是关怀备至,被崇拜的人在意着,不就是爱情的样子吗?这样想着,妮儿坚定地点头答应,张先欣喜若狂。

妮儿来到府上的第一年,张先正式纳她为妾,两人相差六十二岁。

纳妾之日,张先精神焕发,喜上眉梢。

宋时男女婚配,双方要共同准备彩线绾成同心结,行叩拜之礼,新郎新娘定要各执一端,直到礼毕被送入洞房,都要牢牢牵住,意为永结同心。而剪下彼此的一缕头发合成同心结,意为结发夫妻。当然这些都是正室妻子才能享有的婚俗礼仪,而张先则一一为妮儿安排了这样的礼节,可见他心中对妮儿的一往情深。

成婚当日,他为妮儿作了一首诗,名为《赠佳人》:

> 我年八十卿十八,卿是红颜我白发。
> 与卿颠倒本同庚,只隔中间一花甲。

妮儿读得懂,温柔似水地依偎在张先身旁。

张先是文坛泰斗,哪个文人墨客不在意名声?如今他娶了年隔六载的美艳小妾,不免被世人质疑他生性风流,所以君敢娶、妾能嫁,都是值得佩服的,都是有勇气的表现,而这份勇气的背后便是彼此确实动了情。对张先而言,妮儿的出现,仿佛是当年的心头之爱走进了现实,他实在不想再错过。

你侬我侬,郎情妾意。他们像多数的情侣一样,新婚之后,如胶似漆。更可喜的是,妮儿还为张先育有两女两子。老来得子,好友苏轼等人都纷纷前来祝贺,张先颇为欢喜得意。

这样幸福的时光共持续了八年,妮儿此时已成为风姿绰约的娇艳美人，而张先却垂垂老矣。这一年，他病了，一病便不起，一病便永远离开了他心爱的妮儿。

世人皆道两人并非真爱，张先一去，小妾定去寻觅自己的幸福。丧礼上，妮儿几度哭昏，在别人看来却像是演戏一般，没有人疼惜这个少妇，反而对她心生鄙夷。

然而，现实堵住了悠悠众口。张先一走，妮儿带着孩子们独自生活，勤俭持家，完全没有再嫁的意思。反而面对张先的离去，她始终走不出失落的情景，沦陷在思念的旋涡里。

没过多久，妮儿一病不起，在世人的唏嘘声中撒手人寰，追随张先而去。

得知结局，众人一片哗然："得妾如此，不枉此生。"

旁人冷眼瞧的是这段相遇的真诚，张先和妮儿似乎一直在质疑中走过了八年，这八年也是张先人生最后的光景。然而，只有感情之中的两个人最清楚，彼此因情生爱，因爱而生。八年里的每一天，他们心里都装着彼此，眼里看到的也只有彼此。

赴一场人间惊鸿宴，转身相思染眉间。红尘万丈，只为渡你而来。谈笑风生不动情，却愿为你在俗世之中思念半生。为八年守候一生，妮儿着实不值，可是心甘情愿，也心满意足。

衣带渐宽终不悔,为伊消得人憔悴
——柳永惜别

云是山的故事,风是海的故事,你是我的故事。即便这份沉没的思念你有不知,我却从不后悔,你是给了我惆怅、孤独和悲伤,可也给了我甜蜜的心伤。

蝶恋花·伫倚危楼风细细
〔宋〕柳永

伫倚危楼风细细,望极春愁,黯黯生天际。草色烟光残照里,无言谁会凭阑意。

拟把疏狂图一醉,对酒当歌,强乐还无味。衣带渐宽终不悔,为伊消得人憔悴。

一个人在寂寞高楼上独倚远眺,黄昏时分吹来春风徐徐。目之所及,尽是离愁,黯然离别的感伤,自水穷处,自云起时。

青青草色,蒙蒙山光,美景皆在夕阳里,可此时此刻却全然失色,没有人能够明白我此时此刻的愁肠。

真想无所顾忌地大醉一回,可是纵酒高歌,又怎么能是勉强行乐？那样真的是索然无味。

茶饭不思，美酒不香，眼看着衣带渐宽，我却一点都不曾后悔，情愿陷入这苦苦相思，因为你就是那个值得我憔悴的人。

柳永在词中所写的是自己与一位红颜别后的深情思念。之所以称之为"一位红颜"，是因为他实在太多情。

他爱上的人遍及京城内外。他爱过的人依旧难忘他的深情。他多情且专情，每一首词都是倾心而作，每一位姑娘也确实曾入其心间。只是他的爱情像极了他的人生，宛若东流水般流不停，纵然岸边有玫瑰、有绿荫、有宁静的港湾，但他却是不系之舟。

可是佳人却对他格外偏爱，或许是因为他真实而不遮掩，或许是因为他看似放荡不羁却心有真情。

和众多名人志士相同，柳永也出身于官宦世家。

这样的出身，且不论家族显赫与否，但谈及家族教育，却是不同寻常的。最明显的便是，但凡家族里的男儿，少年时便要学习诗词，苦练基本功，以为成年之后考取功名做准备。

柳永是幸运的那一个，从小不愁吃穿，毕竟换作寻常百姓人家，能够吃饱穿暖已是恩赐；然而柳永也是有些许悲剧色彩的一个，生在官宦之家，凡事却由不得自己。

从小，他便牢牢记得爹娘所教导的要光耀门楣的训诫，这也造成了他一生都要面临着不断赶考、补考的辛酸局面。

大中祥符元年（1008年），柳永进京准备参加科举考试，一心想要考取功名的他后来却不幸落榜。

柳永自励："黄金榜上，偶失龙头望。"转身投入到再考的准备中。

他一不甘心寒窗苦读付水东流，二不知如何向家族长辈交代。于是奋发图强，鸡鸣而起，挑灯夜读，终于等来了下一次的京城应试，他再次带上行李赴京赶考。

自认为考场应试颇为顺利，可戏剧性的是，张榜之时，柳永却依然没有在红榜上寻到自己的名字。壮志未酬的他心生苦闷，遂与酒为伴，与词为友，与月谈心，与花成眠。

他自觉愧对家人，也负了自己的苦读，不免意志消沉。

柳永开始寄情于秦楼楚馆，不断辗转各种名伎歌女间，以求得暂时的安慰。

不料，他却因为才华横溢而颇受欢迎。柳永虽是个常喝常醉的"酒鬼"，但更是一个腹有诗书的才子。

纵然他不是仗剑走天涯的侠士，却是掩饰不住才华的"江湖游客"。在这些女子眼里，他虽然注定是过客，是个放荡不羁的花花公子，但他更是一个有着敢恨敢爱的真性情的男人。

歌舞升平里，他认识了名伎虫虫。

与其他艺伎相比，她除了温柔如水，娇艳欲滴，更弹得一手好琴，且有一份难得的善良。原来在柳永最失意之时，虫虫对他投来了崇拜的目光，这让柳永的虚荣心得到了满足。而后烈酒灼心，酒后吐真言，虫虫却一直与他为伴，听其诉说心中苦闷。

艺伎的时间与金钱的天平，从不失衡。客人付钱买她时间，她便侍奉左右，时间一到，会立即抽身离开，这本无可厚非。

虫虫则有些不同，喝醉了的柳永顾不得才子形象，反复问天问地为何戏耍他，给他才华却不成其功名，赐他富裕家境却不给他温暖。

一个艺伎，可以听你炫耀地位，可以看你挥金如土，却少有能陪你失意到天明的。虫虫不过也是苦命女子，柳永的无助触碰了她心底里的母性情怀，此刻陪伴就显得弥足珍贵。

渐渐地，虫虫的善良让柳永心生依恋，他只要一得空闲便去艺馆见虫虫，小酌一杯，轻弹一首，投进温柔乡中。

他问虫虫："如果有一天我可将你赎身，你可愿追随我？"

虫虫思虑着，并未正面作答："于你来说，有比为我赎身更重要的事，来年再去京城应试，直到有一天你求取了功名。"

柳永听虫虫让自己继续考取功名，心生失望，他觉得物质名誉乃是爱情之外的凡尘俗物。

虫虫见他沉默不语，又说："再取功名，不为家族，不为美人，定是要为你自己。你内心失意皆是因为你没有让自己满意，待有一天你在内心真正接纳并喜欢了自己，想要的其他都会一一得到。"

虫虫的话不无道理，柳永伤心不甘，于是把对自己的气愤更多地转到了外界。佳人既是知音，柳永便不再问，紧紧将虫虫拥在怀里。

某一天，柳永再来到艺馆，却只见到了陌生面孔，打听了才知道，虫虫在前几日便被客人赎身为妾了。刚刚令他心动的佳人，此刻转眼不知投进了谁的怀抱，他不禁心中生憾，但却无恨。

一次美好的相遇，就这样不了了之了。露水情缘难长久，柳永自是知道这个道理的，也知道今朝有缘相聚，他日就可能面临分别，然而却不知不觉间他对虫虫心生爱怜。

堂堂一个七尺男儿竟不如一个弱女子那般清醒。他早该知道，虫虫就是在等有缘人赎身，而他就是要回到考场求取功名，每个人都有自己的位置和身份，一旦越过身份做了不合时宜的事，注定是没有结果的。显然，自己没能给虫虫值得期待的承诺，那时的他也不具备兑现承诺的条件。她没有等他，她又怎能等他……

道理是道理，可深情又怎能用道理说通？柳永于酒后失意之时，写下了《蝶恋花》：

伫倚危楼风细细，望极春愁，黯黯生天际。草色烟光残照里，无言谁会凭阑意。

拟把疏狂图一醉，对酒当歌，强乐还无味。衣带渐宽终不悔，为伊消得人憔悴。

柳永不知道词中伊人身在何方，但却写出了浓烈如火的誓言。郎有意，妾却薄情，但在这不可控制的思念里，他还是甘愿沦陷、忘我。

虫虫，一介清楼女子，得到柳永如此深情的诗，也是一种幸福，只是这幸福的小花开在了她看不见的角落。

然而，柳永的多情向来不是新鲜事，他在万花丛中过，从不顾忌叶花沾满身。

"师师生得艳冶，香香于我情多，安安那更久比和"，名伎争着抢着让大才子为自己填词。他大笑其中，左看看，右瞧瞧，这个美艳，那个娇俏，实在是无从下笔。从这样的情景中也不难看出才子柳永有多风流，流连美色之中从不遮掩。

柳永心想，达官显贵、文人墨客不都逛青楼伎馆吗，既然做得，何须避得？他这份不管不顾的潇洒之态，反而成了真情流露，平添了个人魅力。

可自虫虫离开，他却难以有从前那样的闲情兴致。他心知肚明，不是谁在他心中都有虫虫这样的地位的，一时的享乐又怎么能抵消长久的心头落寞呢？

可伊人不知，所以伊人不伤，只有柳永自己不可自拔地沦陷在思念里。

他与酒为伴，平时里的艳光春色索然无味，以前喝醉时有伊人为伴,为他斟酒,与他和琴而唱。

虫虫知道他游荡,也懂他的愁肠,她时而是个娇痴小女,时而又似一个有着温暖怀抱的母亲。他醉卧在伊人怀中,感觉到踏实,感觉到岁月悠悠,感觉到耳畔清风。可是,现在却只能独自静坐,郁郁寡欢。

伤心的酒容易醉,昏沉中他酒醉而眠,梦中仿佛见到了意中人,不觉间便轻唤她的名字……

孤独的夜最长,醒来天色还没有亮,凌晨的萧瑟寒意席卷而来,柳永不禁打起了寒战,"纵有千种风情,更与何人说"。

透过未关的窗户看见天边泛白,夺走了星星的光芒,只剩下一轮寒月高悬空中,与自己对望。不知道伊人此时此刻身在何处,能否和自己看到同一轮月亮。柳永此刻的心头一阵发紧。

他也以为自己常年流连于花丛之中,早已把爱情淡了,虽然情动,却不会久驻于心间。

然而他终是中了它的毒,日子因为它的到来而充满色彩,因为它的离去而索然无味。思念伊人一分,便解了一分痛苦,可刚刚解了一分痛苦,却又再添两分情思,如此这般周而复始,他内心受尽了煎熬。

可是这种折磨却也让他心甘情愿,此时此刻,世间纵有千般好,他却只甘愿为虫虫一人思之如狂。

虽写的大多是儿女情长一类的词,但柳永的才华却备受后世文坛肯定。王国维在《人间词话》中如是说："古今之成大事业、大学问者，必经过三种之境界。'昨夜西风凋碧树，独上高楼，望断天涯路'，此第一境界也。'衣带渐宽终不悔，为伊消得人憔悴'，此第二境界也。'众里寻他千百度，蓦然回首，那人正在，灯火阑珊处'，此第三境界也。"

在此番评语中引用柳永词句，可见王国维对柳永文采的欣赏。这样才华横溢的柳永，谁人不尊，又谁人不爱呢？

游子爱，才子怨，孤独情事千万年。

云是山的故事，风是海的故事，你是我的故事。即便这份沉没的思念你有不知，我却从不后悔，你是给了我惆怅、孤独和悲伤，可也给了我甜蜜的心伤。

伊人也许到最后都不知自己曾是这位大家笔下的女主，但时光却将这份思念做成了最美丽的琥珀。

犹恐相逢是梦中

——晏几道的怀念

月上柳梢头,高挂中心楼,徐风夜半后,天明歌舞休……与喜欢的人在一起,时光转瞬即逝。

鹧鸪天·彩袖殷勤捧玉钟
〔宋〕晏几道

彩袖殷勤捧玉钟,当年拚却醉颜红。舞低杨柳楼心月,歌尽桃花扇底风。

从别后,忆相逢,几回魂梦与君同。今宵剩把银红照,犹恐相逢是梦中。

还记得初相见,你娇艳动人,纤纤玉手殷勤举杯,温柔地劝酒,你美丽多情的模样就让我沉醉,我豪情畅饮,醉得满脸通红。

兴致正浓时,你翩翩起舞,婀娜多娇,从傍晚至夜将尽。月亮已悄悄爬过柳梢头,正挂在小楼中央,我们尽情唱歌,尽兴起舞,摇弄桃花小扇,酒尽舞歇,直至精疲力竭,月已低沉。

自从这次初相见又离别，总是禁不住怀念我们初相见时的场景，多少回梦里再见你的脸庞，忍不住紧紧抱你在怀里。

上天眷顾，你我居然真的又再次重逢，我举起银灯，细细地端详着你的脸。这种日思夜盼的再度重逢让人喜极而悲，幸福到害怕此时此刻是空梦一场。

爱情中的晏几道是一个率真且性情豪放的人，他的爱情观与众多同僚、前辈的不同。他不看重身份，只看重情思，所以即便是文中所提的歌女舞伎，只要性情相投，心中生爱，便能让他付出真情。

相比起门当户对、三媒六聘，晏几道更在意的是两情相悦。这种爱情观的由来，还要从晏几道的出身说起。

晏几道，北宋词人，字叔原，号小山，为北宋晏殊之子，父子两人在文坛的盛誉延续至今。

晏几道出身书香门第，且天资不凡，在父亲的教导下，年少时便潜心六艺，旁及百家，尤善乐府，待稍长一些，其文才韬略已非同辈所能及，由此深受父辈友人的赞许。

家境优渥，才华出众，此时的晏几道可谓少年得意。然而，大多卓越之人却天生孤寂，他不喜官场应酬，不屑追逐功名，他的一生与父亲的有所不同，虽然才华横溢，却一生未谋得高官厚禄，终而"堕"入"平凡"。但这"平凡"有他的"悲"，也有他的"喜"。

世事多变，家族中人都在为朝廷效力，难免牵连党羽纷争。父亲去世后，随着时光辗转他的家族逐渐走向没落。

公元1074年，正值年少的晏几道因友人的文字案被牵连入狱，从未受过苦楚的他第一次体会了什么叫人间炼狱。

能从人间炼狱之中得以释放，这有赖于他的自身才华。他受宣为神宗作寿词，结果被大加赞赏，因而才被释放回乡。

年纪轻轻的晏几道身陷牢狱，使得本就没落的家境雪上加霜。经历了世态变迁，他虽然化险为夷，却也是一朝被蛇咬，十年怕井绳。

这段特殊的经历，使得他本就孤僻的性格更为沉默，家族也由此衰败，他不再一心想着跻身仕途，只愿在眼前的安稳中纵享人生。

他不屑于在仕途上飞黄腾达，也无心应对官场上的腥风血雨，转而投入爱情的温柔乡中。这对他而言，相比起官场仕途的变幻莫测，美人的温情守候要真实得多。

他爱上了青楼伎馆。

有人在青楼里寻欢作乐，可晏几道却能在青楼中相遇爱情。他很多情但他的多情却总能被人原谅。这种性情令他在当时颇受非议，事实上，即便今天，晏几道和他的"爱情"也会被人议论。

翩翩公子晏几道在青楼茶苑里、歌女舞伎中尽情地释放着自己的情感。因为与晏几道相遇，一番殷勤换盏，一朝相逢后却被他日夜思念，那些"彩袖美人"也着实算得上幸运。她们成为他笔下的各种女主，即使不明姓甚名谁，也可以一跃而成为他名副其实的心上人。

词中的"云儿"便是那些"彩袖美人"中的一个。

她是晏几道好友陈君龙家的歌女，有闭月羞花之貌、能歌善舞之才，颇受陈家人喜爱。主人但凡请相交甚好的友人来家中做客，都会请自家出众的艺伎坐席相陪。云儿便是在一次陈家宴会上与晏几道初见，且那一次恰恰是他的侍酒女。

觥筹交错间，云儿含情脉脉，殷勤劝酒却不失温柔。

她俯身为晏公子斟酒，玉手轻扶自己的衣袖，看着酒缓缓流入杯中，款款地抬头一望，与晏公子目光对视，娇媚一笑，便轻轻转头继续注视酒杯。这一抬眼一低头尽显娇媚与含羞，晏几道心中颇为悸动。

云儿举杯相邀，晏公子便一饮而尽，甘为红颜一醉方休。

酒意酣浓，偶有情话入耳，不忍眨眼，生怕眨眼一瞬就少看云儿一眼……

艺伎出身的云儿本已对侍酒之场司空见惯，那些饮酒之人粗鲁地将欲望写在酒后的脸上，却少有见过酒后深情脉脉的才子留情。云儿心中欢喜，也格外珍惜与晏几道初见的时光，她起身自愿请舞助兴，却在上场之前在晏几道身边耳语："云儿心中只为晏公子一人独舞。"

月上柳梢头,高挂中心楼,徐风夜半后,天明歌舞休……与喜欢的人在一起,时光转瞬即逝。

天明总是要到来,月落风轻,酒醉的晏公子似乎还未来得及与云儿惜别,席就散了。

因为醉酒,晏几道已顾不及其他,甚至对昨夜归途都失去了记忆。他酣睡一天,再醒来又已是黄昏时分,身在熟悉的地方但心已走远。酒醉之感终会消失,可一见钟情的热烈相思却难以消退。

什么时候能和云儿再见?

此时家道中落,晏几道深知自己的生活尚且不得体面,真不知道何时再与云儿相见。

晏几道明知道云儿的心意,也清楚自己心中的情愫,却只能继续看她流于风尘间,不觉心中苦痛,深深的思念也开始蔓延开来。

他想她等待,也让她值得等待,却怎么也没想到,陈家却不让他们为等待画上圆满的结局。

云儿所在的主家——陈君龙家族突遇变故,主人又身染重疾,无力再续养艺伎用人,便将他们一一遣散了,这其中自然也有云儿。

她本就如浮萍一般,自知情爱离自己的距离遥远,苦叹之后只有远赴他乡。

而当晏几道得知一切时，云儿已离开多日，他顿感心头一空。

离人泪，心头血。

此后晏几道的词中传递出的尽是离情别怨。他借酒消愁，终日浑浑噩噩。

友人见他如痴如醉之状，忍不住发问："云儿不过是烟花之地的女子，有何放不下？"

晏几道心生悲伤："她言行不凡，非普通艺伎，祖辈也曾当朝为官，只因幼时与家人失散，一路坎坷重重，才寄身于此。"

而今佳人已远行，徒有空相思。晏几道的爱情总是充满奇幻的意味，跌宕起伏，伤离别、喜重逢。

或许上天有感于他的深情，对他念念不忘给予了回响。仍然是一个酒席间，晏几道乃是宾客中的一位。当艺伎步入席间献上歌舞时，他一眼锁定在了这个熟悉的身影上——如此精致的脸庞正是他日思夜想的云儿。

他凝视云儿曼妙的舞姿，不觉间伤感起来。

旁人未觉出晏公子握酒杯的手已微微颤抖，都聚精会神地看着娇艳的歌女，无暇顾及其他，唯有他心内已是波涛汹涌，这种重逢此时让他如梦如幻。

一曲作罢，云儿奉命留下侍酒。

歌舞间，她也已经看到了晏公子，心里泛酸却自知男儿们也许只是逢场作戏罢了，却不想留下后被晏公子唤到身边。

晏几道望着云儿，欲言又止，眼里泛出泪光，手握着的酒杯慢慢举高，凝视着云儿，脸上泛出极度惊喜又意外的忧伤苦笑。

云儿身为艺伎，屡屡辗转席间自是磨砺出了洞悉人情世故的智慧，但她从未敢想晏公子会如此动情。她自知自己仅仅是小小歌女，怎能入得了才子心头？

然而此刻，尚未饮酒的晏几道只字未语，眼神却已胜过千言。云儿嘴角抽动，微微一笑，喜极而泣。

她拿起酒盏像当年一样为晏几道斟满酒杯，递到他面前。晏几道缓缓接过酒杯，看着云儿一饮而尽。

手握杯盏，词由心生，即兴赋词道："彩袖殷勤捧玉钟，当年拚却醉颜红。舞低杨柳楼心月，歌尽桃花扇底风。从别后，忆相逢，几回魂梦与君同。今宵剩把银釭照，犹恐相逢是梦中。"

杯盏落下之时，云儿双眼已泛出莹莹泪光。

"小女何德何能，焉能得公子赋诗。"云儿略有些不知所措。

晏几道笑而不语，将杯中酒一饮而尽。

再次重逢的晏几道与云儿尽享儿女之情。他觉得上苍眷顾，便不想辜负美意，至于明天，谁又能知道牢狱和死亡哪一个先来呢……

有人说晏几道一生胸无大志，只沉浸于卿卿我我的儿女之情中，虚度光阴。

有人不解一代文坛大家居然会流连青楼，实在有损文坛墨客的清誉。

还有人说，这段颇被颂赞的爱情实在不配称为爱情，从头至尾都是一纸荒唐……

也许他从不知道世人眼中的爱情是什么，但他应该是会享爱之人，既然不能在仕途中觅得栖身之所，那么不妨在爱情中寄居。他从不介意自己动情之人的身份地位，也不会被世俗制度绑定意念，只论是不是情投意合，是不是两情相悦。

只要你在我心里，纵有万千不堪，你也是我心头的一抹柔情，真情从来不怕昭告天下。

锦瑟华年谁与度
——贺铸与妻

爱,让人不自觉放宽了理智的红线,心思不断被对方牵引,自己还没意识到就已深陷其中,回不了神。

青玉案·凌波不过横塘路
〔宋〕贺铸

凌波不过横塘路,但目送、芳尘去。锦瑟华年谁与度?月桥花院,琐窗朱户,只有春知处。

飞云冉冉蘅皋暮,彩笔新题断肠句。若问闲情都几许?一川烟草,满城风絮,梅子黄时雨!

你步履轻盈却不肯来到横塘,无奈只能望着你远去的背影,卷起芳尘阵阵。这样美好的年华你会和谁共度呢?

月色笼罩着静桥庭院,朱门映着美丽花窗,唯有春风知道你的归处。

飘飞的云彩舒卷自如,暮色茫茫,长满香草的小洲影影绰绰,即便所用彩笔也只能写出这伤心肠断的诗句。

如问伤有多深,情有多长,就去看那一川数不尽的青草,满城飞不完的柳絮,梅子黄时的连绵之雨。

贺铸,北宋词人,字方回,乃贺知章后裔,出身高贵。据传,贺铸长相极为"粗犷豪放",眉目耸拔,面黑如铁,所以又有别称"贺鬼头"。可就是这样一个人,却是才华横溢的文坛俊杰,而且还是婉约词派的代表者。他心怀柔情,痴心一片,笔墨之间都流淌着馨香。

显然,这首词便是贺铸在回想心爱之人的倩影,思她念她却留不住她。他笔下的女主角便是他的发妻。

作词之时,他的爱妻已然逝世。在他心中,发妻是世间最好的女子,他虽此生有憾,但能遇见心爱之人,也算为自己的爱情画上了圆满的句号。

这个被贺铸深情缅怀的女子赵氏,乃是皇族一脉的"宗女",出身名门,与贺铸门当户对。

成亲以前,二人素未谋面,赵氏只听说贺铸满腹经纶,才高八斗。

出身名门的赵氏姑娘,自小爱好习文练字,在女儿中当属翘楚。女人都希望嫁一位忠厚仁义的夫君。她从传闻中便早早心仪这位才华横溢的贺公子了。

洞房花烛夜，当晚是两人的初见。贺铸没有像其他友人一样，在成亲当日喝得酩酊大醉，他心想着这是与妻子第一次见面，要留下一个好印象。

一身喜服走进洞房，看见新娘端坐在榻前，贺铸显得有些手足无措。他一脸温柔地挑开红盖头，见赵氏羞涩地微微低头，但单看精致的额头还是能分辨出赵氏是个美人。闪闪发光的头饰叮当作响，极其悦耳。

贺铸拿过桌上的小杯盏，递到赵氏面前，含情脉脉地说道："从今日起，你我便结为夫妻了。"赵氏一脸温柔地慢慢抬起头，却被眼前粗犷的"贺鬼头"惊了一下，她从未想过一位颇具盛名的文坛大家却生得如此粗犷。

而贺铸早已习惯与人初见之时对方的惊讶神情，早已不觉得尴尬，反倒献上了一个憨态可掬的笑容。

这个温柔可爱的笑容把赵氏温暖了。她见贺铸堂堂七尺汉子，面对自己竟有些无措，忍不住笑了。

她起身接过夫君手里的小杯盏，又拿过桌上的另一只，落落大方地与贺铸喝起了交杯酒。

贺铸是痴情之人，他内心颇为感动，一个小女子如此坚定地将自己交付于他，他唯有好好珍惜。

成婚后，赵氏贤良淑德、勤俭持家，对贺铸的照顾细致入微。他作诗文，她就在一旁研墨。他们月下小酌，雪中赏梅，渐渐地，两人的感情愈发深厚。

贺铸一生官位卑微,且几乎都是外地任职,赵氏和他经常要分隔两地,聚少离多,二人不禁思念甚浓。其中一首《小重山·花院深疑无路通》,道尽了恩爱夫妻相聚的欢娱和离别的感伤:

花院深疑无路通。碧纱窗影下,玉芙蓉。当时偏恨五更钟。分携处,斜月小帘栊。

楚楚冷沉踪。一双金缕枕,半床空。画桥临水凤城东。楼前柳,憔悴几秋风。

粗犷的贺铸心中有着无限的感伤,他身在外,内心满是对妻子的思念,只盼与爱妻能够早日相聚,不再分离。

诗中所述梦中来到曲折幽深的花园里,树枝繁茂遮挡了小路。无奈绕过回廊,却突然看到心上人站在绿纱窗影下,像一朵清水中的娇美芙蓉。

两人互诉衷肠,可情话还未说完,催促离别的钟声就已经敲响。怀着痛苦和感伤的心情,二人洒泪分手,那清冷的月光还斜照在小窗户上。

一觉醒来,置身凄凉之境中的自己,只看到两只金缕枕头,身边那半床却是空空荡荡的。明明知道最思念的人就在熟悉的临水小楼上,那熟悉的地方有熟悉的小桥,楼前的杨柳已经历了几度秋风,心上人也经历了几番失望而变得憔悴。

她如此深念,却盼不回远行的人,他迟迟暮归,又匆匆别离。

这样短暂相聚又即刻别离的经历,几乎贯穿了贺铸的一生。即便贺铸在四十六七岁时,也仍然在外任钱官,而爱妻却还是在东京汴梁,相遇半生,奈何相聚甚少。

贺铸感伤,人到中年仍然不能陪伴爱妻,不禁心中愧疚,遂又写有《惜余春·急雨收春》一词:

急雨收春,斜风约水。浮红涨绿鱼文起。年年游子惜余春,春归不解招游子。

留恨城隅,关情纸尾。阑干长对西曛倚。鸳鸯俱是白头时,江南渭北三千里。

萧萧夜色,倚栏怀想,这是何等的深情且又无可奈何啊!

聚少离多的日子中,两人对彼此的爱矢志不渝。某日,妻子托人带给贺铸家中的讯息,原来家中老母亲身体抱恙,盼儿归。

想到自己漂泊在外,家中大小琐事只留妻子一人照拂,如今母亲又生病,怕妻子定是手忙脚乱、心力交瘁。贺铸左思右想,终于决定举家迁至自己的任职之地,与母亲和妻子短暂团聚。

这是赵氏一生最后的时光。

爱妻与自己生活一起,贺铸才渐渐发现,她的身体因为过度操劳早已不似从前。她夜里咳嗽,怕吵醒贺铸,便用口巾捂住口鼻,尽量压低声音。贺铸察觉后心疼至极,次日就请人来为妻子诊断病情，由此才知赵氏已经久病缠身，身体极度虚弱。

贺铸为医治妻子拼尽全力，遍访名医也依然不见其好转。夜半，已经气若游丝的妻子突然精神好了一些，她见丈夫倚在床前，疲劳地靠在床头小憩，忍不住伸手去摸贺铸的脸，他醒了，连忙握住妻子的手……

爱妻病故。贺铸难以接受事实，强忍心中的痛苦操办着爱妻的后事，奈何还身有官职，不能将爱人送回老家，只能葬于苏州郊外。

一生真情半世飘零，贺铸的四海为家并没有因为爱人的离开而终止。可是，他从此却真的失去了一个归处，茫茫人海，再也寻不到她的踪影，只能时不时地前往爱妻的墓碑前凭吊，宣泄着心中无限的哀思。

他伫立坟前，徒手一株一株清理杂草，将雨水冲刷掉的坟土再重新填上。回想两人初相见时，他对赵氏说过："从今天开始，你我就正式结为夫妻了。"转念又想起爱妻与他共饮交杯酒时的坚定，可如今心爱之人却归于尘土，世上再不得相见，贺铸心如刀绞，禁不住泪流满面，遂作《鹧鸪天·重过阊门万事非》：

重过阊门万事非。同来何事不同归。梧桐半死清霜后，头白鸳鸯失伴飞。

原上草，露初晞。旧栖新垅两依依。空床卧听南窗雨，谁复挑灯夜补衣。

再度回到苏州，不过时间短暂，已然物是人非。你曾经与我一同而来，如今却不能和我一同而归。失去你的我就像遇上霜雪的梧桐，曾经的翠润欲滴，如今却半死半生，本是成双的鸳鸯却失去了一只，留我孤独倦飞。

旷荡的原野中，草叶的露珠刚刚被晒干。我留恋旧时你我入寝的居室，因为那里有你打理过的样子，有我们恩爱生活的痕迹。可是又忍不住在这里徘徊，这小小的垄上坟，你如今安眠的地方。可我呢，所有思绪终要面对现实，躺在空荡荡的床上，听着窗外的凄风苦雨，今后还有谁再为我深夜挑灯缝补衣衫？

木雕流金，岁月涟漪，不知不觉泪已两行。贺铸从没有像现在这样害怕独自生活在人间，因为这里望不到爱人在天堂的模样……

赵氏的离去，彻底带走了贺铸的爱情，自此一别，绵绵不绝的思念将会萦绕他一生。贺铸深爱赵氏，再无其他女子能踏进他的心房。

他回想着妻子年轻时的模样，倩影纤纤，正在灯下为自己缝补衣裳。可是却只能"但目送、芳尘去"，发出"锦瑟华年谁与度"的无奈。

贺铸的一生，就此徜徉在思念的轮回中。

爱，让人不自觉放松了理智的红线，心思不断被对方牵引，自己还没意识到就已深陷其中，无可救药。

第四辑

人生若只如初见

不思量，自难忘
——苏轼与王弗

真正的爱情，就是在漫长的岁月中一次次重新爱上彼此。长情之人多为伤心落泪者，轮回在不知边际的思念里，年年岁岁，岁岁年年。

江城子·乙卯正月二十日夜记梦
〔宋〕苏轼

十年生死两茫茫，不思量，自难忘。千里孤坟，无处话凄凉。纵使相逢应不识，尘满面，鬓如霜。

夜来幽梦忽还乡，小轩窗，正梳妆。相顾无言，惟有泪千行。料得年年肠断处，明月夜，短松冈。

恍惚间天人永隔已经是茫茫十年这么久远了，对你的思念仿佛成为思想的一部分。

如今你的墓碑远在千里之外，留我一人历经世事沧桑，想和你说说这些年的辛酸，可这一切却是奢侈至极。

当然了，十年已过，也许我们如今再相见，怕你也认不出脸上写满风尘露重，甚至是两鬓花白的我了。

日有所思，夜有所梦。今晚我回到了曾经的家乡，看到了一扇小窗，日思夜想的你正对着镜子梳妆。

你回过头来刚好与我目光相对，相望语凝，就已泪流满面。

然而又是空梦一场。遥想那远在千里之外的一座小坟，在那短松冈上只有明月相伴，无尽的孤独浸满每一寸土壤……

文中的"你""我"，是王弗与苏轼。

北宋文学家、诗人陈师道这样形容苏轼对王弗的怀念："有声当彻天，有泪当彻泉。"这对伉俪之情深，千古流传。

一代大文豪苏轼出身于书香世家，家境不算优渥，但受其父母的影响，懂礼知仪，且其自身才学不同一般。

苏轼的父亲苏洵也是文坛知名人士，有不少好友，其中一位友人王方在书苑做先生，于是父亲便将苏轼托付给好友。

岂料苏轼悟性比其父辈还高，而且聪明勤奋，甚得先生喜爱。

一日，先生约上文人好友前来家中做客，这其中自然也少不了自己的得意门生苏轼。

庭院里有一泓清池，碧绿沉静。苏轼走近观赏却并未发现鱼儿的身影，于是拍掌撒谷，唤鱼儿出来觅食，声音刚落，就有鱼儿探出水面大口吞食，王先生捋着胡须得意地笑着。

座上客既然都是文雅之士，岂能少得了雅趣。先生说："今日且让众位集思广益,为小潭取个名字吧!"

先生话音刚落,一位年轻女子恰巧经过此处,正想绕道而行,却被先生叫住:"弗儿过来。"

原来她是王方老师的掌上明珠——王弗。先生考虑到今日除了自己的几个门生,多是文坛同辈好友,无外客之虑,便允小女相见。

王弗此时正值花季,生得青春靓丽,再加上出身于书香门第,言谈举止落落大方,十分惹人喜欢。王弗见过父亲与诸位同辈叔父后,王先生说:"今日邀大家给家中小潭取名,你也参与参与,平时不是带着丫鬟常在此处观景吗!"王先生一脸慈爱地看着女儿,微笑地捋着胡须。

众人纷纷在纸上书写自己取的名字,"金玉(鱼)塘""观鱼砚""静水潭"等,老生先一边看一边笑着点头。

苏轼则书"唤鱼池",王先生眉眼一动,若有所思后拍手称赞:"雅俗共赏,生动有趣!"遂命人记录,以备以后为小潭题名刻字,转过头来问小女王弗可有答案,王弗施礼还笑:"弗儿才疏学浅,不及爹爹及叔辈众人,尚未想出。"落落大方的模样让大家早已不在意她身上是否有几分文采,仿佛女德才是最重要的,显然,王弗对此熟稔。

宾客散去后,王弗去找爹爹,问他可曾见过自己前几日送去书房的读书笔记。

父亲一边回复还未来得及看，一边找来翻开，突然里面掉出一页宣纸，上面画着两条鱼儿大口吞食的生动模样，栩栩如生，旁边赫然写着"唤鱼池"三个字。

父亲几乎有些吃惊："弗儿，你前几天就已作画取名，和今日爹爹的学生的取名不谋而合！"

王弗撒娇道："女儿给爹爹的笔记，你越来越少去批注了！"接着说道，"今日已有人提出名字，且爹爹十分中意，我怎好抢客人风头呢！于是就说没想出来。"说罢，狡黠一笑。王老先生见小女如此懂得人情世故，心中甚是欢喜。

春去秋天，时光流逝，当年的小姑娘如今已出落成标致的少女。

女到十六谋夫家，王先生自然格外上心地挑选未来的女婿。其实他心中早已有中意的人选，便是自己的得意门生苏轼。因与苏轼家本是世交，了解其为人正直，又收了苏轼做学生，看中的自然是他才华不俗、人品可靠。

于是王先生与苏父商量，苏父大喜，遂定下亲事。

王弗十六岁这年，嫁给了大她三岁的苏轼。

苏轼对待感情是个内敛之人，他虽然年少时见过王弗，但对她并不熟悉。反倒是自幼被王先生宠溺的王弗，率性可爱，一点也不拘谨。

成婚后的第二天，王弗早早起来。父亲给她备了丰富的嫁妆，她神秘地打开箱子左翻右翻。苏轼也好奇："弗儿这是找什么？"

王弗狡黠一笑，拿过一张画纸递到苏轼面前，翻开来看，正是当年那张《唤鱼池》。苏轼不明，王弗便将这个小故事从头到尾讲给苏轼听。

苏轼豪爽一笑："看来我们应该是情定唤鱼池了！"苏轼一边细细端详着，一边抬起头看看新过门的妻子，不住地点头赞许。王弗不好意思地笑笑，从苏轼手中夺过这幅《唤鱼池》，小心翼翼地折叠起来，又宝贝似的放入她的嫁妆里。

过门后的王弗，温婉贤惠。

古时认为"女子无才便是德"，王弗是老师之女，出身自书香门第，应学的礼仪自不必担心，对家中长辈也极为孝敬，相夫教子上亦是无须多虑，但对于苏轼而言，不免平淡了一些。

可一幅《唤鱼池》，让他打破了对妻子的原有印象，他发觉妻子也许是个颇有生活情趣之人。他原以为妻子不过也是寻常持家女子，却惊喜地发现了她另外的闪光点。

其实王弗不仅能识文断字，在家父的教导下还可谓博学多才。她率真可爱但又懂得拿捏分寸，会适当地收敛表现欲，一心侍奉丈夫。

慢慢地，苏轼发现王弗非但可以读懂他的作品，还能在他推敲不定的时候给一些小小的建议。

苏轼不仅文采一流，还颇爱作画。王弗则在一旁侍奉茶盏。

她凝视不语，痴迷于其中，因为静静陪伴爱人的时光，就是她内心最幸福的时刻。

苏轼喜出望外，他觉得妻子如同一卷诗画，他在一点一点地展开，每打开一点都让人出乎意料，大为惊叹。

八月十五，他们中秋赏月，促膝长谈。院子里的红灯笼高悬，月圆之下显得格外宁静，诗酒茶赋，一一品得，得妻如此，苏轼犹获至宝。

慢慢地，王弗不仅成为苏轼的文友伴读，还能在你来我往的人际关系上帮扶丈夫，她会和苏轼探讨，给他择友和为官的建议。久而久之，苏轼和王弗不仅是夫妻，更是思想上的挚友，这是苏轼从未奢望过从婚姻中获得的。

寒来暑往，十年已过，王弗已为苏轼育有后代，两人感情笃定，婚姻美满，也从未想过有一天幸福会被按下暂停键。

在两人未曾准备的时候，天降噩耗：年仅27岁的王弗身患重疾。来不及伤心，苏轼带着爱妻遍访名医，可却不见成效。

王弗日益病重，苦不堪言。每天夜里，苏轼陪伴着妻子，直到她入睡后才敢松一口气。一个男人的悲伤弥漫开来，他眼见妻子被病痛折腾得不成样子，自己却无能为力。

终于，在一个秋夜里，秋蝉鸣叫，王弗于四川眉山病逝。离世时，她还是大好年华。

苏轼的心中有道不尽的悲伤，带着对结发妻子的深情，他将妻子葬于自己的双亲附近。

他知道，父母双亲也定然希望离儿媳更近一点，因为在世之时，母亲不止一次夸赞过："弗儿能进家门，是苏家修了几世的好福气。"

彼时，母亲正牵着弗儿的手，抚摸着，无论如何都要把自己喜爱的翡翠镯子戴在弗儿手上。

那只翡翠镯子并不是上等成色，却是母亲的心头最爱。可夜里回到房间，弗儿就将它拿掉，苏轼问她缘由，她说："母亲心爱，我总要惜着。苏家待我这样好，要我如何回报……"

忆到此处，苏轼深饮了一口酒。

可是酒入愁肠愁更愁。醉酒后的苏轼总是忍不住睹物思人，看见书房的砚台，忆起发妻为他研墨时的幸福情景。再看看她留下的心爱嫁妆中那幅《唤鱼池》，他的心更痛了。

他想她，夜不成眠，心如刀绞。

梦是一个神奇的通道，他无数次催眠自己时，都只为梦中与发妻再见。

今夜，他深深地满足了自己一个愿望：梦中回到了当年成婚的地方，在干净整洁的屋内，心爱之人正坐于窗前，他曾说过淡扫蛾眉的弗儿很是温柔，此刻她正对镜梳妆。想要开口，却未语先流泪，梦境中二人皆默默无语，只是我看着你，你看着我……

忽然梦醒，好一个秋凉的夜，凉得让人直打冷战。

纳兰性德有词云："银床淅沥青梧老，屧粉秋蛩扫。采香行处蹙连钱，拾得翠翘何恨不能言。回廊一寸相思地，落月成孤倚。背灯和月就花阴，已是十年踪迹十年心。"

真正的爱情，就是在漫长的岁月中一次次重新爱上彼此。长情之人多为伤心落泪者，轮回在不知边际的思念里，年年岁岁，岁岁年年。

王弗不知去了哪里，可此时此刻苏轼却留在了原地。

此心安处，便是吾乡

——苏轼与王闰之

荡气回肠不如相濡以沫，巫山云雨哪堪诗酒茶香。知你心头暖着的是我，而我心头也依偎着你，夫复何求？

定风波·常羡人间琢玉郎

〔宋〕苏轼

常羡人间琢玉郎，天应乞与点酥娘。尽道清歌传皓齿，风起，雪飞炎海变清凉。

万里归来颜愈少，微笑，笑时犹带岭梅香。试问岭南应不好，却道，此心安处是吾乡。

我忍不住羡慕这世间风流倜傥的潇洒男子，幸运到连上天也格外垂爱，赐予他娇美的清丽佳人，甘愿追随相伴。

人尽皆评佳人歌声妙丽，就算在炎炎夏日，高温热浪的躁动间，这歌声也能让人瞬间安静下来。

佳人自远方来，路遥疲乏却风采依旧，更显年轻，美丽的笑容里仿佛还蕴含着岭南梅花的清香。

那里的风光甚是美,岂是本地能及一二分,忍不住求解:"岭南美景不胜收,风土人情也熟稔,为何偏要来此地?"你却坦然答道:"心安定的地方,才是我的故乡。"

词中的佳人不再言语,只是深情地望向身边的情郎。

苏轼顿生感慨,于是"赠人玫瑰",将这首词赠予好友王巩和他的红颜知己柔奴。

女子虽为歌女,但才华出众且为人颇有正气,在柔弱女子中较为少见。

柔奴祖辈世代居住在河南开封,后来家道中落沦为歌女,却因钟情于王巩,便一心一意追随他。

然而,王巩因为苏轼的乌台诗案受到牵连而被贬到岭南宾州。墙倒众人推,人性使然,平日里踏破王家门槛的诸多友人,此时也销声匿迹了,领赏受宠的诸多歌伎舞娘更是一哄而散。

就在王巩感慨世态炎凉之时,歌女柔奴却深情表白,无论王定国去哪里,自己都愿意追随。王定国感动不已,便把柔奴留在身边,两人在宾州相濡以沫,互相照顾。

今时今日有机会回到北方,王巩颇为想念好友苏轼,便带柔奴看望知己。

老友见面互道衷肠,柔奴便在一旁侍奉酒茶。

苏轼问道:"岭南的风土人情哪里比得过家乡?"柔奴转头看着王定国,满眼尽是深情和崇拜,继而答道:"心在哪里,家就在哪里。"

苏轼本以为一个是"窈窕淑女",一个"君子好逑"而已,却不想柔奴却有这般情怀,不禁心生佩服,也为好友得此佳人高兴,于是趁着兴致正浓时赋词一首。

苏轼之所以为好友的爱情所感动,是因为自己也曾有幸得到过似柔奴的这般深情。而好友被贬的经历,与自己的人生又何等相似?

想到这里,他不禁念起第二任妻子王闰之,这个让他有了"家乡"般温暖的女子。

在第一任妻子王弗去世后,苏轼深深地陷入了思念亡妻的悲痛之中,他的生活也沦落到孤寂无助的境遇中,一代文豪虽不惧仕途坎坷,却不堪世事琐事的"重负",生活上一片狼藉。

而此时,王弗的堂妹王闰之走进了苏轼的生活。

王闰之是北宋眉州青神(今四川眉山市青神县)人。她不似大家闺秀、才貌双全的王弗那样浪漫多情,也并不精通四书五经,这显然和一代大文豪不相匹配,可是她身上却有一种难得的踏实感,她性格温顺,知足惜福。

虽然这个女子身上没有特别突出的特质,但是在柴米油盐升腾而出的袅袅轻烟中,她却独有一股令人感到亲切的"人间烟火气"。

王闰之自幼受家庭环境的熏陶,虽然读不得诗书,作不得歌赋,但也能"读懂"满腹经纶的大才子苏轼。他的不羁、俊逸与洒脱，令王闰之心动不已。

王闰之比苏轼小11岁，早在堂姐王弗在世之前，就对姐夫崇拜不已。

如今姐姐离世，王闰之不禁心绪波动，她主动向苏轼表白，问他可否让自己照顾他的生活起居，能陪伴在他身边就好。

苏轼听了微皱眉头。在爱情中，这样的要求何等低微。

他自知给不了王闰之爱，也清楚她并不能给自己带来心动的感觉，可是恰恰这种如同温泉一般的情感，让自己备感踏实。

想罢，苏轼点头允诺。

而"闰之"这个名字，就是苏轼为她取的。

古时女子地位低微，出身寒门的女子一旦嫁为人妇更是无名无字。就连苏轼的祖母也不过是称作史氏，母亲也只叫程夫人而已。

但苏轼却为王闰之取名填字，像男人一样，让她拥有自己的名和字，这在当时是很抬爱和尊重女性的一种表现。

苏轼光明正大地迎娶了王闰之，正值壮年的他重新组建了家庭。

她的到来，让苏轼感受到了久违的家的温暖。

身处动荡不安境遇之中的苏轼早已感到疲惫，可遇到王闰之后，他似乎终于可以安稳地休息了。王闰之带来的阳光，让所有生活的节奏都开始舒缓起来。

婚后，两人十分恩爱，相敬如宾，还育有两子。

王闰之还尽心尽力照顾堂姐留下的孩子，视如己出，一家和谐美满，其乐融融。

"绿蚁新醅酒，红泥小火炉"，这是苏轼与王闰之婚后生活最真实的写照。王闰之对生活的知足仿佛是源自天然，这一点连苏轼都不及。

苏轼仕途坎坷不顺，被贬黄州时，心情沉郁，可小儿稚嫩，吵着嚷着要爹爹陪伴玩耍。苏轼本就心烦意乱，又碰上儿子嬉闹，更觉心神不宁。

看着王闰之忙里忙外为自己准备酒菜，苏轼顿感惭愧，身为人夫却不能以积极的思想导引，反而让家人因自己而陷入低沉的情绪之中，这实在不是大丈夫所为。

正反思着，酒菜已齐，四碟一盏，整整齐齐地摆在他面前。

苏轼大发感慨，要敬王闰之一杯。多年夫妻的默契，王闰之自然知道苏轼心中所想，她只温暖地笑着，仿若一幅不染世事的水墨丹青，苏轼一饮而尽！

家庭的温馨，慢慢地治愈着苏轼因宦海沉浮而落下的伤口。

王闰之甘当一位"医者"，不诊脉、不问心，小心翼翼地避开了文豪的骄傲自尊，用自己的爱温暖着他，治愈着他。

虽然在精神世界里，王闰之难以与苏轼琴瑟和鸣，但在日常生活中，苏轼却早已离不开王闰之。

时光荏苒，二十五载弹指一挥间。苏轼人生中陷入低谷之时，王闰之在一旁悉心陪伴。

苏轼经历了仕途的大起大落，被贬之时也是家中最拮据之际，两人便一起去采摘野菜，晚餐变换着做法，再烫一壶小酒。总之，王闰之变着法儿给苏轼解闷。

她像男人一样赤脚耕田，春播秋收，也因此落下了病根。这一切辛苦，是苏轼很难发现的，可王闰之甘之如饴，因为最喜欢的人在她的生活里。

爱上一个人，他的一言一行皆入我心。

她见不得夫君眉头紧锁，见不得夫君伤心流泪，于是她一直带着那种温暖的笑容，伴他走过二十五个春夏秋冬。

王闰之病了，近来她越发觉得浑身乏得很。苏轼为她请来郎中，号了脉的郎中却不和她说病情，而是把苏轼叫到门外。

王闰之这些年辛勤耕作，眼看着日子已经渐渐好起来了，她却倒下了，许是旧疾新病叠加在了一起。见苏轼回来，病床上虚弱的她又努力地挤出了一丝微笑。看着妻子的模样，苏轼更觉伤悲。

王闰之是感觉得到些许端倪的。前几日她还咳了血，却瞒着没告诉苏轼。

苏轼端着一杯水，坐到床榻前，喂她喝下。

王闰之鲜有流露自己情绪的时候，可此刻眼里却泛出了泪光。

她看着苏轼说想孩子们了，苏轼立刻想去叫他们过来看看。可她又把他叫住，说怕惹着孩子哭哭啼啼，转而温柔又有些无力地和苏轼说："不见了吧！他们有你呢……"

细雨霏霏的清晨，比苏轼年轻11岁的王闰之先他而去，像她来到苏轼面前时一样,安安静静。

她去世时,苏轼已年近花甲,两人相伴之时,正是她一生的黄金岁月,她已无憾事。

葬礼之上,苏轼悲痛地写下祭文。他自知,在王闰之的一生中,自己从未给予过她纯粹的爱情,他们之间的感情像注定会汇入江河的溪流,没有任何波澜起伏,他知道她仰慕自己,可是自己却没有倾心于她。但他给她陪伴,她也得到了他的依偎。

如今,王闰之先走,苏轼承诺:"惟有同穴,尚蹈此言。"

苏轼想着,若干年后,等他与王闰之再聚,还要烈酒一杯,还要欢笑连绵,而她定是不声不响地在厨房忙着,接着端上一盘盘小惊喜。

数年之后,同样一个细雨霏霏的清晨,苏轼去世。

家人遵其生前遗愿,将其与王闰之合葬一处。彼时分别,此时再聚。不能给这个女人爱,但他要给这个女人完整的陪伴。

王闰之寂寞了这些年,如今再见之时,又应备得一桌酒菜,大概,这个温暖如玉的姑娘依然会崇拜地望着夫君说:"你难过,就去找让你不难过的事嘛!你想一个人,就去找那个让你思念的人就是了……"

荡气回肠不如相濡以沫,巫山云雨哪堪诗酒茶香。知你心头暖着的是我,而我心头也依偎着你,夫复何求?

不作巫阳云雨仙

——苏轼与王朝云

岁月静好,流年的光阴如飘零的花瓣雨,带着幽幽暗香在指间流淌。喜欢在清浅的时光里,铺一纸素笺,盈一怀似水柔情,为你谱写脉脉心语,任那淡淡的相思掠过你的眸,润了我的眼。

西江月·梅花

〔宋〕苏轼

玉骨那愁瘴雾,冰姿自有仙风。海仙时遣探芳丛。倒挂绿毛么凤。

素面翻嫌粉涴,洗妆不褪唇红。高情已逐晓云空。不与梨花同梦。

梅花那冰清玉洁的风骨哪会去理瘴雾,它自有一种仙人的风度。

海上仙人的使者时常来探视芬芳的花丛,原来是绿毛小鸟倒挂在树上。

生怕施了粉黛反而会弄脏精致的素颜,就算洗去妆容也褪不去那朱唇的颜色。

高尚的情操堪比纯净的天空，自然不会再想与梨花同梦。

词间流露着一个女人的美貌与情操。

文中的女主角名叫王朝云，字子霞，钱塘人，因家境贫寒，自幼沦落在歌舞班中，是西湖一带士子名流追捧的名伎。

王朝云"出淤泥而不染"，出身烟尘却独具耳畔清风般的高雅气质。弹得一手好琴，能歌善舞，十几岁便以绝色惊艳众人。

苏轼性情豪放，早年间生活情志颇舒，于朋友们的酒宴中自是见惯了美人，自然在女子姿色上不至于流连忘返，却唯独欣赏才情女子所带来的细腻吸引。

自古风流多情的才子似乎从不会缺少佳人相伴，可即便拥有诗、酒、情、茶的才子却也寂寞，他在精神上缺少契合的知心人，他也从未想过已过而立之年还能遇到惺惺相惜的红颜知己。故事发生于他仕途颇为坎坷，被贬杭州通判之际。

这日，苏轼同友人共游杭州凤凰山，疲惫跋涉之后小聚酒楼，宴饮之时侍酒歌伎助兴，他一眼瞥到天姿娉婷、舞姿不俗的王朝云。然而欣赏之心人皆有之，他也不过是怜惜眼前人罢了，转过头继续与友人推杯换盏。

一曲作罢，歌伎们纷纷入座陪在左右，而陪在苏轼身边的恰恰是王朝云。

他以为一介歌伎，姿色不凡，只是擅长琴棋书画，未曾想，席间几番对话下来,他发现小小女子却也天资聪颖,博古通今又颇有情趣。她略显青涩的面容,仿佛桃花般芳艳,李花般清丽,又或许带着几分倔强、独立,这让豪情于胸的苏轼也静伫了许久。

美酒饮尽,几番交流中苏轼此刻方觉得朝云甚美,他诗兴大发:

"凤凰山下雨初晴,
水风清,晚霞明。
一朵芙蕖,开过尚盈盈。
何处飞来双白鹭,如有意,慕娉婷。
忽闻江上弄哀筝,
苦含情,遣谁听?
烟敛云收,依约是湘灵。
欲待曲终寻问取,人不见,数峰青。"

王朝云此时不过十几岁,本是一介小小歌姬,这种做梦也不敢想的事情发生在自己身上,没想到自己居然是这文中的主人公。她只能仰视的大文豪苏轼刚刚诗兴大发时,她看得出他对自己的欣赏与怜惜之情,此时她心头甚是感激,一时间不可言表。

或许是因为对朝云的怜惜,或许是因为朝云的伶俐,可与之谈诗论赋。总之,王朝云与苏轼的相识结束了她的歌伎生涯,此时他们相差二十六岁,朝云作为侍女随入苏家,只愿随侍在仰慕之人身边。两人也未曾想过，此后的些许年间，沧桑的岁月让他们相濡以沫，日久情深，历经人生坎坷波澜的苏轼视她为惺惺相惜的红颜知己。

苏轼经历人生最低谷"乌台诗案"时，朝云作为侍女一路相随。即使在黄州时，苏轼的生活一度陷入窘境，朝云也别无他求，侍奉在苏轼身边，照顾左右。

时光流转，苏轼已不再年轻，闰之也先行离世，悲伤只有朝云一人陪伴。苏轼感叹：

"不似杨枝别乐天，恰如通德伴伶玄。阿奴络秀不同老，天女维摩总解禅。经卷药炉新活计，舞衫歌扇旧因缘。丹成逐我三山去，不作巫阳云雨仙。"

在黄州时，苏轼正式向朝云表明心意，纳这位红颜知己为爱妾。至此，两人的爱情终于开花结果，她真正有了归宿。

此时的王朝云，历经岁月沉淀，已然出落成美妙少女。一日她手持酒盏妩媚地递给苏轼，而苏轼几杯烈酒也兴意渐浓，于是打趣道："饱腹感下不宜再饮。"说着，他拍拍自己的肚子，"你们说，我肚子里装的是什么？"众人你一言我一语，有人说是满腹经纶，苏轼摇头。更有友人旁边打趣说是酒囊饭袋，苏轼更是仰头大笑。

王朝云娇柔地放下酒杯，浅笑回复："大人您这里装的是不合时宜。"她抬起眼帘温柔地望向苏轼。苏轼大笑，早知朝云不俗,颇有智慧,并非空有其表,遂端起酒杯敬于王朝云:"知我者,唯有朝云也。"

他告诉朝云,两人生死相随的情深意切是旁人无法体会,也比拟不了的。朝云动情落泪,她的一腔痴情终是他能懂的。

她体恤他一生坎坷辛苦,也崇拜他一生潇洒落拓,自己虽然不能在仕途之上为他助力,却能尽力做一个好知己。

两人相濡以沫,恩爱不疑,她是他的才情佳人,他是她的一世风雨。

朝云潜心向佛,也颇有悟性和灵性,总能从中参悟出心得。而苏轼也对佛学心向往之,常常与其一边下棋一边交流心得。两人可谓"心有灵犀一点通",有才情的朝云偏偏又温柔多情。

日隐月出,不闻花落,这是两人最纯粹的一段共有时光。

苏轼喜得一子,取名干儿,幼子的到来对苏轼来说简直是天赐,他感谢朝云的陪伴和付出,让他在花甲之岁还能喜得贵子。

可是体虚的朝云此时身体欠安,尤其产后身体虚弱。

苏轼内心也是担心的,因为闰之的离去让他懂得,年轻的生命也可能在朝夕之间离去。于是他亲自照顾体弱多病的朝云,不想再经历一点闪失。

然而,一个女人的心中,除了爱情,最重要的是孩子。

干儿刚刚入世,便不幸夭折。

这对于一个母亲来说,是天大的噩耗。苏轼想瞒也瞒不得,病中未愈的朝云闻讯昏死一天一夜。

苏轼悲痛之中又焦急万分。

惠州瘟疫爆发,朝云遇瘟疫日渐体虚。自从朝云一病不起,他再没有闲暇碰过笔墨,一心照顾他的红颜知己。

苏轼尝试洗米熬粥,煎煮汤药,只盼望朝云赶快好起来。

然而天妒有情人。

朝云终于因病不治,与世长辞,离开时极度清瘦的她还是一副花容月貌,不过三十四岁的大好年华。

日子突然空了下来,苏轼在极度寂寞和悲伤中觉得茫然。如果爱情来过,那么陪伴他的孩子们是最好的见证者,除此之外,他只能在诗词之中寻找爱人的影子,看着笔墨停留的诗篇。

殢人娇·或云赠朝云

白发苍颜,正是维摩境界。空方丈、散花何碍。朱唇箸点,更髻鬟生彩。这些个,千生万生只在。

好事心肠,著人情态。闲窗下、敛云凝黛。明朝端午,待学纫兰为佩。寻一首好诗,要书裙带。

他恍然一切如梦,好似昨天还是初见。

那一副盛世容颜让自己颇为留恋,却不想那小女更是有才情的浪漫之人，仿佛前几日还在黄昏时分见过夕阳，如今却天人永隔不复相见。

苏轼不敢承认，但痛感告诉自己这些已然是昨日情景，爱情与她确实来过……

苏轼遵循朝云的遗愿，将她安葬在惠州西湖栖禅寺旁的松林里。因朝云生前潜心念佛，一心向往清修之地，如今苏轼帮她如愿。苏轼在墓上筑佛家六如亭以作祭奠，亲手撰写墓志铭：

"东坡先生侍妾曰朝云，字子霞，姓王氏，钱塘人。敏而好义，侍先生二十有三年，忠敬若一。绍圣三年（1096年）七月壬辰卒于惠州，年仅三十四。八月庚申，葬之丰湖之上，栖禅山东南。生子遯，未期而夭。盖尝从比丘尼义冲学佛法。亦粗识大意。且死诵金刚经四句偈以绝。铭曰：浮屠是瞻，伽篮是依，如汝宿心，惟佛止归。"

而六角柱上则清晰刻印一副挽联：

"不合时宜，唯有朝云能识我；独弹古调，每逢暮雨倍思卿。"

苏轼似乎生怕心上人寂寞，留了许多知心语希望朝云品读，而这副联中语只有苏轼与朝云能懂，那是他们相恋时的趣味典故，正是彼此相知的见证。

然而，有些许悲情色彩的是，朝云虽是苏轼一生最心动的女子，她的墓志铭上却也只能镌刻"侍妾"二字，他给了她关于爱情的一切，但纵使他是一代文豪大家也给不了他心爱之人最好的名分，只因她出身歌女，终也只能是妾而非妻。

但朝云并不会在意这些，为苏郎之妾，已是此生幸运。

朝云临终之时也依然诵念经文："一切有为法，如梦幻泡影，如露亦如电，应作如是观。"

她相信一切上天注定，人生如梦如幻，所有的美好和痛苦都一如清晨露珠与雷电，一瞬即逝，不必太介怀，不必太在意。岁月静好，流年的光阴如飘零的花瓣雨，带着幽幽暗香在指间流淌。在清浅的时光里，铺一纸素笺，盈一怀似水柔情，任那相思掠夺。

尽管自己爱上的人就是她的一世风雨，努力绽放过后的陨落也只能甘愿承受。

而苏轼虽然不能给最心爱女子最好的名分，但是他给了她最好的结局——让朝云成为自己的爱情绝笔。

至朝云后，苏轼余生再未留下任何女子的痕迹，与人无爱亦无憎，一朝别云也别爱，再见来世再成双。

不见又思量，见了还依旧

——李之仪与胡淑修

看过青山烟雨，不及你我人间烟火气；越过河流山川，不及门前小溪清流意。我是我的，你也是我的，温柔的你是我的人生宝藏。

谢池春·残寒销尽

〔宋〕李之仪

残寒销尽，疏雨过，清明后。花径敛余红，风沼萦新皱。乳燕穿庭户，飞絮沾襟袖。正佳时，仍晚昼。著人滋味，真个浓如酒。

频移带眼，空只恁、厌厌瘦。不见又思量，见了还依旧。为问频相见，何似长相守？天不老，人未偶。且将此恨，分付庭前柳。

日子大有冬去春来之意，寒冷已成为过去，稀疏春雨在风中滴落，时节已然过了清明。被花丛簇拥着的小路此时满是落红。微风吹过池沼，扰了这一抹平静，萦绕起丝丝波光。尚不经事的小乳燕快乐地畅游在宽敞的庭院里，在门窗间嬉戏穿梭。正在飘飞的柳絮，不觉间都沾在衣襟和袖筒上。此时恰是一年中最美的季节，没有过不完的夜，没有守不完的昼。这种醉人的美好就像是甘醇的美酒一样。

为伊消得人憔悴，只能不断移动腰带的空眼，日日消瘦下去，虽然不想，但却没有办法。因为见不到她思念成疾，可即使是见了她，却还是要分离，一旦分离，相思就更浓烈。要问这样频频相见，哪里比得上长相厮守？只恨天公无情，两情相悦，却只能孤独无偶。这份相思无人能知、无人能解，只能将它寄予庭前的杨柳。

这一往情深的相思之语，源自一个男子——李之仪，他号"姑溪居士"，为人低调，性情内敛。他是北宋中后期"苏门"文人集团的重要成员，深得亦师亦友苏轼的青睐。

李之仪一生未得高官厚禄，官至原州通判，而仕途亦是颇为坎坷多难。他一生中遇到两位有缘女子——胡淑修和杨姝。

大家闺秀胡淑修，字文柔，贤良淑德，出身于书香门第，父亲及祖上均系翰林院大学士。

可想而知，这样的家境对于胡淑修的影响是巨大的。她从小受家庭氛围的熏陶，勤奋好学，小小年纪便精通文史，而且她喜好佛学，对诗词尤为热爱，又因为聪明伶俐，还精通算术，可谓集众多优势于一身的非凡才女，这在女子当中极其罕见。

因祖上是忠孝之臣，胡淑修自幼便得以随家人进入皇宫。

拜访皇后时，她年纪虽小但颇懂礼仪，一言一行很是规矩，皇后见了心生喜欢，笑问："这就是人们口中说的，胡家有学问、有文采的女孩子吗？"

不想她却毫无惧色，施礼答道："回禀皇后娘娘，正是小女。"众人听了忍俊不禁。

自从入宫后，皇后就对这个小姑娘印象极好，她年纪虽小，在礼数上却不拘谨。每逢上元节，皇后都要特意宣上胡淑修，只因她实在是机灵可爱。

而胡淑修与才子李之仪，二人自然也因"才华"结缘。

胡淑修很小的时候便盛名在外，待成年后更是出落得亭亭玉立，恰正逢家族兴盛之时，可以说是集万般优越于一身。

前来求亲的达官显贵络绎不绝，几乎要踏破胡家的门槛，他们托媒人、攀关系，都渴望能求得胡家之女。眼看着往来的公子王孙殷勤备至，胡淑修却不住地摇头。胡父问女儿是否有了心上人。胡淑修告诉父亲，她的意中人必是要能与她琴瑟和鸣才行。

直到李之仪出现，胡淑修仿佛觉得自己找到了缘定三生的有缘人。

门庭寒微的李之仪，起初并未对胡家女儿抱有任何期望，因为他知道自己与之有着天渊之别，却奈何家父有命：前去求亲的队伍中，怎样的达官显贵没有？可是胡家小姐为什么都看不上？可见其并非想要结缘权柄富贵之人，而是看中人品修养的。

李之仪听了不觉有些羞愧，虽然胡淑修不喜权柄富贵，但也不能与之相差太多。再说到人品修养，他自觉并不出众，怎能得其芳心呢！前往求娶，必然受挫，李之仪一百个不愿意。

但事关婚事，父亲强势得很：只是拜访，又不是求亲！

李之仪的父亲与胡家有些私交，自幼李家公子博学多才的名声便在父辈中盛传，胡淑修也自然听父亲提起过。此番听闻才子李之仪到来，胡淑修大方地出现在门堂。

这会儿胡父正与李之仪讨论时下政事，胡淑修见李之仪谨言慎行，但颇有见解。李之仪见到佳人只觉自愧不如，即便是双方父辈引荐，也未敢抬头看一眼胡淑修。不过论起学问，却可以与胡家长辈侃侃而谈，一副风度翩翩、气宇轩昂的模样。

胡淑修在一旁听着，不由得心生暗喜，略带娇羞地回了闺房。

父母自然了解女儿，送走李之仪后，遂与女儿交心，岂料双方都觉得此人值得托付。

托媒人下重聘，李之仪自是负担不起的，但却得到岳父家的慷慨祝福，从酒席到婚房，无一不照料。就这样，一对新人顺利成婚，喜结连理。

成婚后的李之仪和胡淑修立即坠入了爱河。才子佳人，赏得风月,谈得古今,吟诗作对,好不快活,他们的感情也日渐深厚。

然两人新婚宴尔,李之仪却因为要去外省应试,不得不小别。两人自是依依不舍,但也无可奈何,胡淑修只愿丈夫早去早回。

古时路远,出门便是一年半载,李之仪担心妻子孤单,也担心家中母亲身体,反而是胡淑修宽慰他:"不要为我担心,男儿本志在四方,莫让别人笑话你我过于惜别了。另外照料婆婆本是分内事,我定会尽心,你且早去早回,家里有我。"

如此看来,胡淑修既有小女儿的娇羞姿态,又有贤内助的大家风范。

此番应试,李之仪一去往返且有七个月。长途跋涉还算顺利,应试结束之后他顺利地回到家中。顾不得一路的乏累,便去看望父母,听他们夸奖儿媳的周到体贴,他听完不禁喜笑颜开。道不尽的思念,说不完的感谢,于李之仪来说,得妻胡淑修真是如获至宝。

本以为日子可以这样一直平静地过下去,却不料李之仪仕途遇挫。

他被动地卷入了北宋宫廷党争的风浪之中,一时进退两难,百口莫辩。

屋漏偏逢连阴雨,一波未平,一波又起,李之仪又遇权臣蔡京陷害——蔡京以李之仪辱骂新党为由,将他逮捕入狱。

消息传回家中后,胡淑修没有像寻常女子一样,哭哭啼啼,不知所措。她立刻安顿好公婆,只字未提丈夫遇险一事,只说要出一趟远门,便匆匆起程。

一想到丈夫身陷危难之中,胡淑修便心急如焚。她连夜收拾好金银细软,日夜兼程,前往汴京。

一路颠簸,几经波折,她终于在汴京落脚。可丈夫深陷大牢,想要见上一面谈何容易?然而想要知道事情的来龙去脉,不能直接与丈夫对话,又何以了解真相?她反复构思着营救丈夫的"计划"。

胡淑修不惜花重金打点岗哨守卫,上下疏通,一来想知道夫君人在何处,二来想要求得线索为夫君翻案。

然而,贼人蔡京却一心想要置李之仪于死地,处处严防,胡淑修一介女流,又没有通天的本事,眼看着所有的努力都于事无补。

可胡淑修却不轻易放手,她日夜思念的人此刻正在大牢中受苦,自己一定要拼尽全力。

于是她托人带信回娘家,求父亲动用关系四处打探,最终总算有所收获。

李之仪之所以被卷入这场风波,都是因为摘录了范纯仁的一段手稿,蔡京便断章取义。听闻有位官员家中恰恰收藏了这份手稿,这里面的内容,正能驳斥蔡京对李之仪的诬告。

胡淑修等不到娘家动用关系再拿手稿,一向循规蹈矩的她救夫心切，不惜以重金收买了官员家的仆人，可也只能得知这份手稿藏在书房而已，其他的就只能靠胡淑修自己了。

夜已入半，一袭夜行衣的"江湖盗贼"胡淑修穿堂入室，一溜烟儿钻进了书房，最终成功将手稿盗出。

她连夜奔赴皇宫，可城门已闭。她便在夜色中待城门打开之时，好去拜见儿时便喜欢她的皇太后。

天色大亮，胡淑修整理好仪容，一番请示后进入了皇宫。见到皇太后时，先行请安，之后跪在地上的她便泪眼婆娑。皇太后不明缘由，不禁发问，胡淑修则从头到尾讲述了夫君的不幸遭遇。

皇太后顾念自小喜爱胡淑修的情分，遂令重审李之仪案。

手稿真迹在手，证据之下，任何抹黑都苍白无力了，就这样，李之仪洗刷了冤屈，免于死罪，但却要择日降职流放。不过眼下，他却能和爱妻踏上归途了。

胡淑修全力救夫，此举震动朝野上下，人人都啧啧称奇。

丈夫死里逃生，胡淑修喜极而泣。

她一路望着丈夫消瘦的脸心疼不已，但深知丈夫刚从逆境之中转危为安，尚在惊慌失措中，于是逗趣安慰道："君深陷囚牢，受了多少罪啊，可是见你现在脸色红润，好像比平时还长胖了一点，看来并不把这当成什么大事啊！"

李之仪自然懂得妻子的良苦用心，他紧握胡淑修的手，心中一片感叹。

一身嫁衣，一句誓言，一生相思，一世相守。

看过青山烟雨，不及你我人间烟火气；越过河流山川，不及门前小溪清流意。我是我的，你也是我的，温柔的你是我的人生宝藏。

虽然为了救夫，家中一贫如洗，但只要两人的心中时刻牵挂着对方，日子又何曾辛苦？

经历了仕途的坎坷，李之仪心感疲惫，他请求暂时卸下官职回家休养。自此，家中的日子也过得更加清贫了。

不久，李之仪的父亲久病不治去世，临终时对着胡淑修嘱托道："我等不到小女出嫁，只能拜托你这个当嫂嫂的受累了，家中有你，我走得放心。"病榻前，胡淑修点头应允。

为了不负老人家重托，胡淑修不惜将自己的嫁妆送与妹妹，相对体面地帮着夫妹完成了婚事。家中本已经愁云密布，可厄运却接踵而至。夫妹成婚不久，婆母积郁成疾，也离开了人世，胡淑修与婆母向来感情深厚，不禁哭倒在灵柩前。

李之仪为亲守孝，又经世态凉薄，无心理政。胡淑修便靠着娘家来接济，她对父母承诺道："夫君不日就能重振精神，一切都会好起来。"面对自己最亲爱的父母，她也要为夫君争得一丝薄面。

春去秋来，一家人迁往太平州，这本是李之仪被朝廷流放之地，也正是全家人最后的分手地。

人生苦旅，难以想象。

舟只破旧漏雨，一对落难夫妻带着一双儿女，披着破旧雨衣挤坐在一起，挨过六七个日夜后终于登陆。可是还要经历深山大泽，他们日夜兼程，最终到达了不是家却要视其为家的地方，初来乍到，一切都还很陌生。

也许是一路颠簸所致，儿子一病不起。一家人便卖家当求医问药，可终没能留住儿子性命。儿子去世时，正值风华正茂。

一向坚强乐观的胡淑修也病倒了。昏睡中，她看见儿子还像小时候一样在挖蚯蚓，她说莫要脏了衣服，儿子便偏偏要把泥巴抹在衣角，冲她调皮地笑……

醒来才知是梦，不禁泪流不止，日子仿佛没了根。

思郁成疾，胡淑修一病就是三年。深秋入夜时分，胡淑修终究没能战胜病魔，永远闭上了双眼。失去孩子对于一个母亲来说是世界上最大的灾难，她也是一个平凡女人，自然不能例外。

李之仪深情执笔，为胡淑修撰写墓志铭："文柔与我伉俪四十年，其中经历皆人所不能堪，亦人之所甚难。"

他怀念这个贤良淑德的完美妻子，她如母，如长姐，如妹，如小儿。两人在年轻时情投意合，在中年历尽风雨，在生命的最后日子里，她还在苦苦支撑着这个家。这个女人的一世浮沉都取决于李之仪，她在竭尽全力经营着自己的婚姻和爱情，终生无怨无悔。

清霜入夜，梦里秋千高荡，李之仪听见少女文柔笑声爽朗，她逗趣地问了句:"你如今看我如何?"

李之仪迟疑良久,遂想起当年洞房花烛时,她"埋怨"自己第一次见她不曾好好打量,又问他如今她喜服加身,模样是否有几分俊俏。

转而恍然大悟,连连笑着说:"我从未见过这么美好的女子。我何德何能,这样的女子偏偏是我的妻子。"身后轻风一阵,杏花微摇,散了一地花瓣雨,少女胡淑修笑得清脆,人在风中,显得温婉动人,今年,她刚满十七岁……

只愿君心似我心，定不负相思意

——李之仪与杨姝

思念的样子，大概就是，闭上眼，脑海里满满都是你的样子，挥之不去。

卜算子·我住长江头

〔宋〕李之仪

我住长江头，君住长江尾。日日思君不见君，共饮长江水。

此水几时休，此恨何时已。只愿君心似我心，定不负相思意。

你我之间的距离真的遥远到不可逾越吗？无非是我住在长江上游，你住在长江下游，守在这长江的一头一尾而已。日日夜夜的想念，却无法见到你。我们很远，也很近，明明知道共饮一条长江的水却不能相惜守候。

这滚滚长江水如同心中别离的痛苦，无休无止。只要你的心意与我同频，就知道我对你的痴恋守候，就不会辜负这一番深情。

此时的李之仪年过半百，一支妙笔却可以写出风花雪月般的浪漫，一字一句间满是苦涩又甜蜜的相思，很显然，他恋爱了。

此时的李之仪69岁，而让他魂牵梦萦的心上人却只有19岁，名叫杨姝，两人年龄相差巨大，可这在爱情面前不值一提。

在举家迁至太平州后，李之仪痛失爱子与爱妻，爱女也不幸离世，这令其伤心欲绝，如同行尸走肉般日日寡欢。

仕途坎坷，又失去挚爱，换作任何一人都是难以承受的。也许是上天垂怜，见不得他自此郁郁孤独终老。于是，在丧偶无嗣的时候，一位绝色佳人出现在他的生命里，她便是弹得一手好琴的官伎杨姝。

和青楼艺馆不同，官伎在宋朝有正规的编制，她们天生貌美，琴棋书画样样精通。杨姝自然不俗，非常漂亮，且弹得一手好琴，人尽皆知。

此时的李之仪和同样被流放到这里的黄庭坚结为好友。

黄庭坚虽然是被贬，但短暂停留此处时却也任知州。文友相聚，自是少不了美酒相伴，李之仪与黄庭坚便在一场宴会上认识了杨姝。

但匆匆一面过后，随着黄庭坚调离太平州，李之仪与杨姝也很难再见。

自从痛失至亲后，李之仪的性格也发生了很大变化，他开始变得不喜与人交谈，所以经常一个人到姑孰溪边去散心，由此自号"姑溪居士"。

一日路过溪边，对这里特别熟悉的他偶然听见了悠悠的琴声。

循声望去，一个美艳安静的女子静坐溪边，轻抚木琴，这画面让李之仪目不转睛，不知不觉便走上前去。

见有人走近，女子停下手中琴，回眸相望。李之仪不由得心头一震，原来是杨姝。

此时的杨姝美艳动人，且因常年侍奉官场中人，知书达礼，端庄温婉。施礼之后，李之仪以礼相待，且问："刚才弹的可是《履霜操》？"

杨姝回："让大人见笑了，正是。"

李之仪早些时候便听闻此曲，那是因黄庭坚提起过杨姝小女弹得一首好琴，且颇有正义感，一首《履霜操》恰恰是上次在宴席上听过的。

因曾有过一面之缘，杨姝便主动提出可将刚才未弹完的部分弹给李之仪听。李之仪便坐了下来，侧耳倾听。杨姝不过是一个美艳歌伎，当时的李之仪并未预料到缘分的到来。

父兮儿寒，母兮儿饥。儿罪当笞，逐儿何为。
儿在中野，以宿以处。四无人声，谁与儿语。
儿寒何衣，儿饥何食。儿行于野，履霜以足。
母生众儿，有母怜之。独无母怜，儿宁不悲。

李之仪在太平州并无好友，黄庭坚短暂停留后也离开了，此时他的内心空落落的。

不曾预料，行至此处却恰巧偶遇杨姝，在这旷野之下听其抚琴，声声清幽，且清凉入心，不禁触景伤情，年过五旬的李之仪脆弱起来，忍不住黯然神伤起来。

杨姝弹罢，施礼邀李之仪品茶吃酒。她动作优雅地将随身所带的酒壶打开，递给李之仪。

李之仪看着杨姝随身携带的精致酒茶，不禁开口赞叹："姑娘好雅兴，临溪抚琴，又备得酒茶，就差知己同行了。"

杨姝浅笑施礼："大人这是在打趣我了，只是无意间发现这幽僻之处，前来躲个清净，难得与大人相遇。"

李之仪虽然年迈，却是个风雅之人，于是在离杨姝不远的地方坐了下来，看着潺潺溪水，品着浓香酒茶，不禁思绪万千。

寂寞已久的李之仪思虑着这半世浮沉，不觉感慨万千。他将自己的坎坷经历讲给杨姝听，尤其是他与爱妻胡淑修的伉俪之情，从相遇相知，到相惜相伴，再到如今的天人永隔。

听闻胡淑修离世，杨姝禁不住泪如雨下，她可惜的是一个有才有德的好妻子就这样在大好的年华撒手人寰，也羡慕她有一个痴情夫君，想必胡淑修在天上也会看到，即便她离世数年以后，她的夫君还是如此怀念她。

李之仪不曾想到，杨姝是个心思敏感、细腻之人，深谙世事,优雅大方,毫无尘世艳俗之感。不觉间,日暮降临,两人在溪边惜别。

此番再见,李之仪将杨姝当作可遇而不可求的知音。

对李之仪寂寞的生活来说,杨姝的出现好似填补了他空荡的内心。而杨姝一旦空闲便会来到此地。相比起伎馆,这里就像是未经尘世沾染的世外桃源。从此,她就像与李之仪约定了一般,偶尔会相聚于此处推心置腹。

日月交替,时光流转,娇俏多情的佳人占据了李之仪的心头。寂寞了多年的李之仪此时体会到了久违的激动。

李之仪为杨姝作词:

玉室金堂不动尘,林梢绿遍已无春。清和佳思一番新。
道骨仙风云外侣,烟鬟雾鬓月边人。何妨觉醉到黄昏。

依旧琅玕不染尘。霜风吹断笑时春。一簪华发为谁新。
白雪幽兰犹有韵,鹊桥星渚可无人。金莲移处任尘昏。

思念之情跃然纸上,杨姝自然是从中品读出了李之仪对自己的深情,历经人世坎坷还能再次诉说衷肠,想来他定是极认真的。

杨姝冰雪聪明,自然有自知之明,她深知自己虽然生得貌美，可毕竟出身于伎馆，而她自己也从未奢望过得到真正的爱情。可如今遇到了李之仪，他暮年的深情反倒令自己动容。

古稀之年的李之仪仿佛找到了新的人生动力，尽管他这次的恋爱并不被世人所看好，且得不到祝福，可那又怎样，只要心爱的女子也钟情自己，还有何所求？

在世人的唏嘘和友人的祝福下，杨姝与李之仪喜结连理。

杨姝无比感动，她问李之仪，难道不介意自己的出身会有辱门楣吗？李之仪微笑着摇头，杨姝满眼的感动。

因为爱情，杨姝洗尽铅华，决定与心爱之人共度余生，她自此远离了伎馆的烟尘与繁华。

李之仪也决定跨越世俗，不听闻、不理会一切流言蜚语。

他们跨越了数十岁的年龄差距，共同描绘着爱情的模样。

李之仪对杨姝的心动，不仅仅是因为她的才情和美貌，更因为她是一个善良的姑娘。他将自己与胡淑修的往事讲给杨姝听后，她备受感动，大赞其二人皆是痴心之人。胡淑修虽已离开，但在世之际却得李之仪满满的爱，于胡淑修来说一生无憾。

杨姝赞叹着，也羡慕着，然后她甘心地做了李之仪爱情中的第二个女人。

两人的婚姻不被世俗所赞，所以婚礼举行得极其简单，只有几位亲密的好友前来祝贺，大文豪苏轼、黄庭坚皆在其中。

暮年新婚，对于李之仪来说，是上辈子修来的福气；而所嫁之人有看得到的痴情模样，此正是杨姝想要的样子。她虽然涉世未深，却十分明白自己所想所求，无非是嫁于有情人，白首不相离。

这样的婚姻，自然成就了两人的爱情。婚后二人倍觉甜蜜，尤其还育有一双儿女。老来得子的李之仪堪称人生赢家。

李之仪置身妻儿之间，一生坎坷的他不禁老泪纵横，杨姝却温婉带笑。他有生之年未曾奢望过杨姝对他不离不弃，喝着杨姝亲手做的羹汤，泪水融进碗里，也是甜的。

经历了命运的坎坷，李之仪早已知人生如戏，不禁悲从中来。但杨姝的出现，还是让他备感生活待自己不薄。

他晚年的最后时光，都在享受爱情。牵着杨姝的手，散步于溪边，他们曾在那里定情，到如今两人恩爱依旧，儿女承欢膝下，李之仪觉得这幸福犹如天赐。如果人生非要苦甜参半，他希望是先苦后甜。

李之仪病逝。杨姝对他的深爱却不只在其生前，她和一双儿女将李之仪安葬在藏云山——那是他生前最向往的自由之地，也是前妻胡淑修的墓葬之处。

在与李之仪相守的时光里，每逢胡淑修的祭日，杨姝都会主动准备祭品,陪李之仪前去祭奠。想必九泉之下的胡淑修也会感念这位妹妹,她代自己完成了未完成的心愿——陪伴爱人走完人生最后一程。

如今,往事成烟,敬意却不减,杨姝决定将李之仪与胡淑修合葬。这样,最爱的人不会寂寞,尊敬的人也不会孤单。只是自己却只有自己了……

思念的样子,大概就是,闭上眼,脑海里满满都是你的样子,挥之不去。

还是初遇的溪边,再次弹起《履霜操》,杨姝的琴声缓了半拍。岁月只把无情过,无奈只怜眼前人。儿女们在一旁玩耍,儿子走起路来颇有父亲当年的影子,杨姝看着看着,不觉嘴角挂笑,女儿却跑来问:"娘亲,你怎么又哭了……"

把酒送春春不语，黄昏却下潇潇雨

——朱淑真的爱情

求而不得，爱而不能，一生握得空影，断肠人落天涯。她用自己的身祭奠自己的心，用最后的余温写下墓志铭。

蝶恋花·送春

〔宋〕朱淑真

楼外垂杨千万缕。欲系青春，少住春还去。犹自风前飘柳絮。随春且看归何处。

绿满山川闻杜宇。便做无情，莫也愁人苦。把酒送春春不语。黄昏却下潇潇雨。

清风之中，窗外的垂杨依依，翠润欲滴，明明是留恋春色正浓，却婉转不语，只能任春天远去，季节的流转任你千般不舍也不会为谁停留。柳絮还在风中纷飞，春天却已经离开，柳絮因为不舍也执意随风而去，只是它不知道将要追随春天去往哪里。

茫茫的山川，远远望去一片绿意绵延，静默之间只有那杜鹃在一声声啼叫。它明明只是一只小小的鸟儿，怎么懂人间冷暖情爱？却也哀叫得这般凄厉伤心，想必也知春雨冷，想必也懂人心愁。端起酒杯，无奈送别春天，它不言留恋，不语归期，却只见静默之中的黄昏时分，下起了潇潇细雨。

朱淑真笔下的这番情景，不言留恋，不说想念，却怎一个"哀"字了得？

宋代著名女诗人、词人朱淑真与李清照齐名，号幽栖居士，这一称谓十分符合她个人的风格品位。

她一生作品虽然极多，但却并未在当时广为传颂，甚至在死后被其父母焚烧。

而在她身故后，她的作品才为大众所知，她的诗集《断肠诗集》、词集《断肠词》流传于世，成为中华瑰宝，世人终于肯定了她在文学上的地位。

朱淑真出身官宦世家，家族富贵，且她本人满腹才情，同时她还是知书达礼、精通琴棋的大家闺秀。

她是不俗的女子。她从不会将自己单调地置于笔墨纸砚之中，也不会完全沉浸在赏花吟月的少女烂漫之中，她一边通过各种渠道和方式提升着自己的思想境界，又一边放飞自我，不被束缚，这也就在她的心里播撒下了一颗自由的种子。

光阴似箭，乌飞兔走，眨眼间，朱淑真已然出落成了亭亭玉立的妙龄少女，情窦初开，开始对爱情充满憧憬。她期待自己的另一半是一个在才华、学识、见解上都能够引导自己的人。

他要有些情趣，这样才能懂她生活中的小矫情；他要读得诗书，这样才可以笔墨共研，推敲诗词的玄妙；他的相貌可以不出众，但却要有魅力，这样才能吸引自己。

她深信自己也能拥有可以被传为一代佳话的美好爱情。这个要求是多么的简单，可却也难于上青天。

父母之命，媒妁之言，朱淑真一心憧憬的爱情，却戏剧般地变了模样，她嫁给了父母为她谋得的"佳婿良缘"——一个朝廷官吏。

父母苦口相劝，一心一意为女儿的未来着想，更不许她有自己独立的婚恋思想，毕竟在当时女人的思想里，追求自由婚恋是被人咒骂的。

他们要女儿做一个真正的大家闺秀，大门不出，二门不迈，见到男人要羞红脸，谈起婚嫁要谨遵父母之命。

禁锢思想的言辞和贤孝的标签，一时间让朱淑真乱了心绪。

她成婚了，和那个与她志不同、道不合的陌生男子。

朱淑真有诗云："待将满抱中秋月，分付萧郎万首诗。"可见她内心曾对另一半充满憧憬，她渴望的是琴瑟和鸣、比翼双飞般的美好姻缘。

她甚至想象着在浪漫月光之下，备上美酒和菜肴，而后她拿出自己曾经的万首诗和心上人分享，让心上人品鉴。

人世间有百媚千红，他却独爱自己一人。双宿双飞，花前吟诗举美酒，月下弹琴附歌声。他们的相遇来自懂得，他们的相守来自相惜。此情此景，何等浪漫……

然而，回到现实中，她却嫁给了毫不相识的陌生人。

可朱淑真毕竟是个女人，已然嫁于他人，她也只盼婚后能够和夫君情感共鸣。

可是当她出嫁之后，在日子的磨合中却渐渐地发现，走进婚姻容易，甘愿相守却难上加难。

夫君不仅学问浅薄，生活里也缺少情趣。

她虽然在成婚之前就在内心告诫自己，不必要求对方与自己精神共鸣。但也未曾想过，在生活上，她也未曾求得一丝温暖。

他热衷于官场利禄，终日吃喝应酬。他对于爱情的概念是模糊的，他要的不过是许多男人憧憬的美妾成群。所以他对朱淑真不但没有思想上的相通，就连生活中的陪伴也很难做到。他经常在应酬玩乐之后，满身酒气地回到家。

两个人之间，没有爱情就会失去耐心和宽容。朱淑真面对这个自己不爱的男人，从未有过的消极和痛苦情绪涌上心头。她曾经对爱情的美好幻想，真的只是空梦一场吗？想到此处，她不禁黯然神伤。

然而，婚姻的不幸至此还未结束，丈夫不但不能给她爱，反而开始纳妾。这在那个年代的平常之事，却是朱淑真无法容忍的。

一时间，她沦落成了自己曾经最同情和痛恨的角色，她为自己的不幸流干了眼泪,成了深闺怨妇。

可是,不甘心的怒火从未熄灭。

她几经考量,权衡利害后,终于做出了即使在现代也需反复思量,在古代更是女子不可为、不敢为的"叛世"之举——不再与夫君往来。可想而知,家族一片哗然。

挣脱"枷锁"的这天,朱淑真特意换上了自己喜欢的轻罗纱衣。

她许久未曾这样精致地打扮过自己。端坐镜子前,她轻抚着自己的脸庞,曾经光滑无比的眼角此刻已渐渐生出细细皱纹。

朱淑真轻点朱唇,淡描蛾眉。她将秀发轻绾,四下打量自己,仍然是一副娇艳的模样,只是她的心比从前苍老了许多。她从首饰盒中拿出一枚精致的银钗,插在头上。

这是一场注定了结局的谈判,但她不会再妥协、再迟疑。

她的目的不再是磨合,不再是抱有希望,更不是求得廉价的温暖,她只想离开这一切。但是,在这转身的瞬间,她仍想给自己在这段破裂的婚姻中一点尊严。

朱淑真崇尚自我,更是爱情至上的一个女子,这是支撑她生命的那一缕阳光。然而,这段失败的婚姻仿佛让那缕阳光暗淡下来,她尝够了彻骨心凉的滋味。

面对丈夫的歇斯底里,她不再惧怕。曾经因为抱有希望所以害怕眼前的温暖消失,如今她不再乞求获得,无欲则刚,她比任何时候都洒脱。

如她所愿，她离开了这个让她消耗青春的黑暗森林。

可是，她从前的天真烂漫至此也陡然变了模样。

她的诗词中再难有少女时代的纯真浪漫，却有着满满的人世沧桑："谁伴明窗独坐，我和影儿两个。灯尽欲眠时，影也把人抛躲。无那，无那，好个凄凉的我。"

勇敢过后，还是要面对现实。离开前夫的家，她无处可去，只能回到娘家。

在那个年代，从未有女子主动提出与夫君分离的，世人也都坚持恪守妇道才是为女的最基本礼教。

朱淑真在人生低谷时想得到娘家的支持，可娘家不但没有给自己安慰和保护，反而因世俗舆论而不接纳自己。

从前最慈善的母亲看着她唉声叹气，怪她不能遵循女子的三从四德，不安于婚姻。母亲不能理解一个已为人妻的女子为何做出如此离经叛道的"逆举"，尽管这个女子曾经是她心爱的女儿。

朱淑真身心俱疲地回到家后竟然遭受了再次打击，这更让她满是伤痕的心再度受伤。

尽管婚姻让她遍体鳞伤，但她依然崇尚爱情，即便她不知道自己这一生还能否拥有爱情。

上天眷顾有情人。

朱淑真在少女的时候曾有幸参加过一次文人聚会，在那里，她曾与一位才学俱佳的翩翩少年郎四目相对。

虽然年少懵懂,当时没有炙热的爱情火花,但却看得出彼此的欣赏,只是那时的他们太年轻,遇不逢时。

可如今,他居然出现在了朱淑真家的后花园里,原来他是父亲邀请的客人。

她一眼就认出了这个少年时期的有缘人,他一袭白衣,依然风度翩翩,谈笑间更添了几分洒脱。

相信爱情的人都会不由自主地相信命中注定,他们用最真的心演绎着最美的一见钟情。

朱淑真有意到庭院里抚弄花草,只为让白衣公子看见自己:他如果有意,定也能如自己见他一般,充满惊奇与惊喜。

爱情,的确是充满神奇力量的。

庭院空荡荡,唯见佳人表衷肠。朱淑真虽然不再是少女,但也是大好年华,身上大家闺秀的风范丝毫不减,生活的阅历也更让她添了些许女人的味道。白衣公子一眼便瞧见了她。

两人就像当年一样,四目相对。白衣公子愣了一下,而他略有迟疑的表情让朱淑真欣喜若狂,他分明想起了当年的一幕,如此说来,所谓心意相通并非自己多情。

事实确如朱淑真所料,自从少年时的惊鸿一瞥,这个灵动的女子就住进了白衣公子的心里。他尝试过再去故地以盼相遇,却无奈每每均落空。

未曾预料几年后的今天，竟在庭院内再次相逢。

这一次，朱淑真遇到了爱情，面对公子，她勇敢且又内敛。

勇敢的是她不惧世人眼光，与他开始偷偷地谈起了恋爱；内敛的是她明明追求自我，甚至有些许叛逆，但在心上人面前，却宛如一只迷了路的小猫。她温柔、多情，如烟如玉。

坠入爱河的朱淑真，生命仿佛得到了重生的氧气，这次相遇是两人真正相爱的开始。

有过一次失败婚姻的她早已不看重婚姻的形式，当对方回馈给自己的心声是一样的热烈思念后，她已经心满意足。

一对有情人就此沉浸在爱情的美妙之中，只是这份美好却见不了光。

朱淑真曾经的"离经叛道"就像是一块巨石，若是再触及，一切平静都会被打破，于是他们只能偷偷地幽会。

藕花盛开间挽手同游，月下挑灯时吟诗作对，爱情的来临让她不羡鸳鸯不羡仙，可他们偏偏生在那个满是束缚与禁锢的年代。

此时有多幸福，未来就有多痛苦。这段摄人心魄的爱情，保鲜期并不长。

再次相遇，已是恩赐。可想要接续前缘，厮守一生，却是极大的奢侈。少年郎毕竟已不再如当年，自从当年错过，两人早已过着平行的人生。这场激情浪漫的云雨爱情过后，他最终选择离开，去追求自己的仕途，留下朱淑真在甜蜜的原地，来不及回神。

命运对朱淑真实在是不客气，她已然失去婚姻，如今又要失去情人，而这场露水情缘又让她即将失去家人。

自情人提出分别之后，朱淑真伤心不已，日渐低迷。

她留恋这个有情人，又恨极了这个无情人。爱情像一只有毒的红石榴，她尝了才知道，可是已然中毒，想要自拔却是千难万难的。

家人发现了她的异常，便格外留意，就这样，她与情人私自幽会的事情暴露了。

父亲勃然大怒，倍觉颜面扫地，母亲也顿感家门不幸，他们将这一切归咎于朱淑真不知廉耻，便将她囚于房内，再不得踏出半步。

至此，爱情亲情两不在。

唯一陪伴自己的只剩下笔墨，于是，她的诗词中不断出现了"离与愁"，于那秋风凉雨中沾染着心扉。

时光荏苒，若干年后，朱淑真再来藕花湖畔，当年的往事历历在目，水穷处雾霭沉沉。

都说女为悦己者容，曾经她为母亲、为夫君、为爱人，今天她只想为自己。

如同当年她结束婚姻时一样，已有数年不近红装的她，今天笑靥如花,穿了自己最喜欢的轻罗纱衣,早年情人与其幽会时也曾说,她这样打扮美得犹如天仙下凡。

　　远处可见两个花季少女嬉水打闹,朱淑真不自觉地坐在湖边远远欣赏着,那穿着粉衣的女子像极了自己年轻时候的模样,她的笑声如银铃般清脆,天真烂漫,尚不知世间人的冷与恶。

　　此刻这个心绪平静的女人,宛若世人眼中的闺阁良妇。却没人知道,她的内心早就积满了一生求爱而不得的疲惫。

　　朱淑真收回远眺的目光,微笑轻叹地在湖边伫立。眼前的湖光水色仍然是那么美丽,然而于朱淑真来说,却是心头负累。

　　她闭上双眼,纵身投湖。

　　这绝世一跳,没有深呼吸,没有回望和留恋,只有解脱。那个有着银铃儿般笑声的姑娘,今天45岁。她太年轻了,但——她又太苍老了……

　　翌日,她的遗体被家人打捞上岸。

　　令众人不解和惊奇的是,她苍白的遗容却嘴角含笑。

　　父母又痛又恨,痛失女儿的悲凉晚年,重重地压在他们心口,余生他们将在负疚中度日。

　　他们也恨这个偏爱吟诗弄月的女儿不成器,也寒心她的自私,让年迈的他们承受白发人送黑发人的痛苦。

　　父母盛怒之下,将女儿生前最爱的诗词之作付之一炬。那是少女时期的天真无邪和对美好的向往,也许也是朱淑真自己想焚而不忍的时光。

火焰一起，这些明明可以流传千古的佳作很快焚为灰烬，无人再敢提起。

跳跃的烟火里，这个多情柔弱的江南女子仍然风骨正傲。

求而不得，爱而不能，一生握得空影，断肠人落天涯。她用自己的身祭奠自己的心，用最后的余温写下墓志铭。

酒入愁肠,化作相思泪

——范仲淹与甄金莲

他看过烟雨江南,行过北国山川,可令他写出无限柔情诗词的,却是偶然间,心上人不经意的一个抬眼。

苏幕遮·碧云天

〔宋〕范仲淹

碧云天,黄叶地,秋色连波,波上寒烟翠。山映斜阳天接水,芳草无情,更在斜阳外。

黯乡魂,追旅思,夜夜除非,好梦留人睡。明月楼高休独倚,酒入愁肠,化作相思泪。

天高云淡,白云蓝天,秋叶已飘零满地,江水尽头尽显萧瑟之秋,江中水波凉意升腾,烟雾连着这碧天绿水也透着凉凉的绿意。

夕阳照着群山,碧色天空接着秋水绿波。芳草不知人间乡思离情,自顾生长到斜阳照不到的远方。

在羁旅中愈发思念故乡和故人,不自觉间黯然神伤,辗转难眠。除非暂得好梦宽慰思念才能暂且入睡。

被思念愁绪吞没的时候，于萧瑟月夜下独上高楼，只怕要更添愁苦。于是举杯对月，苦酒入愁肠，一点一滴都化作相思的眼泪。

范仲淹，字希文，苏州吴县人。他非但是一代大文豪，更是历史上著名的政治家，官至参知政事，可以说是政治参谋团中的领军人物。

他崇高的爱国情怀直至今日也令后世之人热血沸腾："先天下之忧而忧，后天下之乐而乐。"他一身浩然正气，爱民忧国，为后人所敬、所爱。

范仲淹的父亲很早便离世了，这让他的童年经历颇为坎坷。没了一家之主，日子过得极为艰难，而母亲的改嫁，既改变了自己的命运，也改变了范仲淹的命运。

继父虽然算不得对他视如己出，但从此他至少可以随着母亲吃饱穿暖，更有了读书的机会。

幼年丧父，这让范仲淹变得异常懂事，他觉得只有自己强大了，才能带给母亲温暖。

勤奋好学的范仲淹两耳不闻窗外事，一心埋头苦读。继父虽然也不富裕，但现在的生活相比起原来和母亲相依为命的穷酸日子，也是有着天壤之别的。

功夫不负有心人，范仲淹的勤奋刻苦迎来了曙光。他在青年时代就考取了功名,一时间世人皆知,都晓得他是青年才俊,不仅文章写得好,且对政事颇有见解。

正所谓,自古英雄爱美人。

范仲淹纵然情操高洁,铁骨铮铮,却也柔肠百转。他不单能敲响慷慨激昂的边塞战鼓,同样也有缠绵悱恻的柔情于心。

古时青楼伎院,不单单只是美伎如云。最重要的是,艺伎多是才貌双全,既要生得秀美,还要有出众的才华,琴棋书画、诗词歌舞,样样不俗。

文坛友人来范仲淹家中做客,知其在为近来水运商户间的矛盾而忧心,于是邀他一起去青楼解闷。范仲淹对烟花之地本无留恋之意,但文友苦劝,他难以推却,遂同行。他尚不知这一番同行,竟让他遇到了自己一生难忘的红颜知己。

"用我三生烟火,换你一世迷离。"爱情自古便让人憧憬与追求,个中滋味只有经历过的人才有答案。身为地方太守的范仲淹,此时已有家室,相比起年少时候的苦涩,如今生活得十分平静,可是纯粹爱情的感觉,这位铁骨铮铮的汉子却还不知。

美玉无瑕,艺伎们奏乐弹琴,好一派歌舞升平的祥和景象。

范仲淹是地方官员,守护着一方百姓,此刻见太平盛世之下欢愉景象,他不觉间放松下来,开始欣赏歌舞。

舞者中有一位少女,年方十四,相比起其他艺伎,她虽然相貌不俗，但却缺少了些妩媚味道，舞蹈动作略显青涩，显然她才来此处不久。

曲罢，被点名的艺伎入座，持杯斟酒，左右侍奉，却唯独留下少女一人未应选。她一袭轻纱白衣，亭亭玉立，发间无头饰，只轻绾发髻，长发垂于腰间，轻描的蛾眉温柔如水。

显然，和其他娇媚动人的女子相比，她身上散发着更多的文艺气息，却不是此刻男子们所期待的妩媚女人味。

见少女尴尬而立，范仲淹心生怜悯，于是主动叫她来自己身边陪侍。

少女名叫甄金莲，范仲淹听了觉得名字和她的气质很配。"出淤泥而不染，濯清涟而不妖"，大概就是这般情景了。

范仲淹此番着便衣前来，多数人并不知道他就是地方官员，他恰好也借此机会听取民生。很显然，他和其他求乐的客人大不一样，不贪恋酒色，却愿意倾听。

"莲儿，取名之人想必独爱其洁，期盼你生得如今天这般脱俗，但怎么又来到这烟尘之地呢？"范仲淹问。

从来没有人问过她这样的问题，十四岁的女少略有迟疑，她内心流淌出一股清流，叮咚作响，蓦地，如花儿一般地笑了。

这一笑，一抹羞涩钻进了范仲淹的眼睛，他虽并不时常光顾青楼，但也知这里的女子多娇媚美艳，热情似火，怎样也和眼前这朵清淡的"小白莲"联系不到一起，小白莲笑起来的时候，仿佛世界都被那股清流冲洗过。

青楼女子出身多苦难，小白莲自然也是命运多舛的一个。

父亲嗜赌成性，变卖家当，最后把母亲和自己也卖去做了用人。几经波折，母亲不堪重病，撒手人寰，只留下她一个人，恰巧碰上青楼的人将其收走。她渐渐地发现，自己要做的原来不只是粗重活计这么简单，还要琴棋书画样样精通，吟诗作对也要信手拈来……

范仲淹想起了自己小时候的境遇，听后有了些许伤感，举起一杯闷酒饮下，与莲儿仿佛有一种"同是天涯沦落人，相逢何必曾相识"的共鸣感。

席间早已是觥筹交错，范仲淹渐入佳境。他与莲儿初相见，就侃侃而谈，虽然妻室论才情容貌也都不输，但这个像白莲花一样的姑娘还是干干净净、飘然地走进了他的心里。

清晨，阳光，小径。院落里桂花树下放着一只小木凳，一串一串的桂花压低了枝头，花瓣酒，唇边香，坐在木凳上的范仲淹若有所思，他从未有过这种感觉——日有所思、夜有所梦，即是如此。

然而又如何？他毕竟为太守，又怎能和青楼女子接续良缘？唯有一朝别过，让淡淡的相思藏于心。

光阴荏苒，日月如梭，三百多个日子悠然而过。范仲淹此时任期已临近，按律例应由此地离开此地前往异地继续履行职责。

友人为范仲淹提前送行，宴请之地恰恰是莲儿所在的青楼。

此时距离上次两人相遇已一年有余。

侍奉的艺伎走进房内,范仲淹恍惚看到熟悉的身影却又不太确定。较从前的莲儿相比,如今站在他面前的俨然一个灵动且有韵味的女子,她虽然还是一袭白裙,腰间却缀有轻纱红幔,显得婀娜多姿,风情万种。

莲儿应客人要求作画助兴,一支白莲赫然出现在纸上,栩栩如生。范仲淹在心里拍手称赞,表面却未流露出来。

旁人看不出,可多年好友怎会看不懂他的心思?他主动安排莲儿侍奉范仲淹。

再次相遇,二人对望,满眼的欲说还休。

莲儿伤感道:"我以为此生再不会与大人相见了。"

范仲淹片刻未言语,拿过莲儿刚放下的笔,在这朵清莲画上题了一首词:

碧云天,黄叶地,秋色连波,波上寒烟翠。山映斜阳天接水,芳草无情,更在斜阳外。

黯乡魂,追旅思,夜夜除非,好梦留人睡。明月楼高休独倚,酒入愁肠,化作相思泪。

莲儿已是泪眼婆娑。

此时的少女气质更胜一年之前,且才貌双全,已名动四方,无数显贵都想纳她为妾,均无果而返。因为她一直在等范仲淹,她相信这位铁骨铮铮的男儿是心仪自己的。

好友成人之美,知道范仲淹的心思,遂重金将莲儿赎身,且主动送与他。

范仲淹内心欣喜万分却不露声色,于外人来看,只是府上新添一个友人相赠的贴心侍女而已。友人成全得如此自然,他内心感激。

月色之下,庭院里桂花飘香,莲儿依偎在范仲淹怀里,晚风阵阵,两人呢喃耳语。有情人终成眷属。范仲淹爱意浓浓,柔声地问:"我要怎么称呼你才好呢?"

莲儿有些许落寞:"我不过是一个丫头,唤名便是。"

范仲淹心疼,心上人在眼前,只想把最好的都送与她,却不想让她无名无分,空有期待。

"你虽然不是我的夫人,但我对你的心却是最为情深的。"

莲儿听罢,满脸笑容,继而打趣道:"那就叫如夫人!"

范仲淹一听,会然一笑:"这个称呼好,就叫如夫人。"

暮色青青,草木如烟。莲儿成了范仲淹生命中的第二任妻子,既是"如夫人",又是枕边的红颜知己。

纵有家国情怀藏于心,也有儿女之情缠于身。范仲淹看过烟雨江南,行过北国山川,可令他写出无限柔情诗词的,却是偶然间心上人不经意的一个抬眼。

(第五辑)

陌上花开缓缓归

留他无计,去便随他去
——柳如是和钱谦益

漫漫红尘,许我一生温婉;浅浅岁月,赐我一世痴缘。知你心有所属,方懂情深义重。初见,惊艳;不见,眷恋;相守,却情深缘浅。

江城子·忆梦
〔明末清初〕柳如是

梦中本是伤心路。芙蓉泪,樱桃语。满帘花片,都受人心误。遮莫今宵风雨话,要他来,来得么?

安排无限销魂事。研红笺,青绫被。留他无计,去便随他去。算来还有许多时,人近也,愁回处。

梦里本来就是伤心的境遇。一边流着胭脂泪,一边轻声喃语。目之所及尽是花瓣,假象的美丽让人迷醉。

让人暂且放下今夜的痴语。想要他来,可是心上人真的会来吗?

在等待的煎熬中忙上许多平日里感兴趣的事,可红笺、青绫此刻也没那么吸引。如果没有办法将心上人留下，就随他去吧。

　　细细想来，还有很多时间，心上人一定是慢慢地近了，思绪绕了一圈又回到了原点。

　　柳如是，原名杨爱，字如是，又称河东君。她的身份极其特别，是明清易代之际的秦淮名伎，在乱世风尘中往来于江浙金陵之间。

　　柳如是倾国倾城，善歌舞、抚琴，在权高富贵的政界商界如鱼得水。

　　她还是学问精深的一代才女，在诗词方面皆有成就，这一点在文人墨客之间可谓无人不知，无人不晓。更难能可贵的是，这个红尘之中的小女子，却有着深厚的家国情怀和政治抱负。

　　一代才女柳如是，怎奈命运捉弄，自幼由于家贫，被卖到吴江为婢。

　　妙龄之时被江南名妓徐佛收为义女，由此步入烟尘之地。

　　但她的才情并未因她的身份而被埋没，相反，她精通书画，擅长吟诗作对的特质，在那样的情境之中更显熠熠生辉，一时间，她在江淮一代声名大噪。

　　人人皆知名伎柳如是，不仅貌若天仙，更是才情过人。

　　于是，不计其数的达官显贵、江湖商贾来到伎馆必点柳如是，只为听上一首她的歌，见一回她的舞。甚至，也有富家子弟争抢着要为柳如是赎身，想要娶其为妾。

可显然，见惯了人世冷暖的柳如是并不为这些浮于表面的仰慕所动，她在耐心等待她的有缘人，这个人并非一定是盖世英雄，却必须是顶天立地的男子汉、不折不扣的正人君子，要心怀家国、忧民于世。

彼时，柳如是和一众文人墨客相交甚好，复社领袖张溥、陈子龙等人皆可算作她的文坛好友，甚至是蓝颜知己。

他们的共同点在于，皆是爱国人士。遗憾的是，与柳如是颇有情义的陈子龙，后来因抗清殉难，他们的感情也就此止步。

而复社领袖张溥，坐拥天下文士头把交椅，在当地的文坛、政界也极具影响力。他的观点和主张，上能影响时事政局，下能决定个人荣辱，当时不知有多少人竭力逢迎他，甚至自诩是张溥门生。

张溥对旁人不予理睬，却偏偏对柳如是赞誉有加，因其在与之交往中发现，柳如是不爱女红权贵，有着家国情怀，这令其颇为动容，也由此，更进一步扩大了柳如是在江南的名声。

才情俱佳的柳如是听闻岳武穆祠往来的皆为天下才子，可以说是群英聚集地。他们探讨天下政事，热衷国民安康。

柳如是心向往之。可往来穆祠之人却都是男子，柳如是娇娇女儿模样怎能方便？思来想去，却还是想一睹岳武穆祠中众才子的风采，于是她乔装成白衣公子模样，风度翩翩地进了心仪之地。

往来穆祠之人果然与青楼伎馆不同，他们气宇轩昂，探讨的皆是令人热血沸腾的家国大事。柳如是见所到之处充满着浩然正气，心中不觉产生了仰慕之情，心想：真是不虚此行。

侧耳听闻众人正在议论国家又失去了一座城池之事，大家对国土的丧失痛心疾首。柳如是心中也不免怅然，家国堪忧，人间烟火又何在？她心中轻叹，提笔赋诗：

钱塘曾作帝王州，武穆遗坟在此丘。
游月旌旗伤豹尾，重湖风雨隔鼍头。
当年宫馆连胡骑，此夜苍茫接戍楼。
海内如今传战斗，田横墓下益堪愁。

柳如是尚不知，此诗让她迎来了令她刻骨铭心的一段爱恋。

穆祠内恰有一位极有分量的文宗，名叫钱谦益，他曾是明朝的礼部侍郎。看见这位"柳公子"写下的"海内如今传战斗"一句，他忍不住点头赞许。

此时的钱谦益已经年过五旬，却依旧意气风发，仍是一身盖世英气。他叫来学生们，共同欣赏这首诗。转而他号召群英，声明守卫国土自当义不容辞，豪气的言辞在穆祠久久不散。

人群之中的柳如是，看着这个钱谦益，不觉心生仰慕之情。钱谦益心系家国且才高志远，柳如是在他面前突然就变成了倾慕者。

向来拒绝男子求爱的柳如是,这一次却是刹那心动。她远远地望着钱谦益,这一次,她想主动把握命运的风帆。

回到伎馆后,柳如是开始回想起自己所见到的钱谦益,不觉间也露出了女儿家的娇态。这是一个女人遇到爱情的模样,任她心怀家国、才华横溢,见惯了人间世事,可她却从来没有见过爱情的模样。

不过三日,她便再一次女扮男装,乘船前往虞山拜访,据说这是钱谦益的清修小地。她自称是慕名前来拜访钱先生的学子,遂被侍从引到了厅院。相比起华丽的厅堂,这是一处极其清雅幽静之地。

柳如是被眼前小院的别致所吸引,忍不住赋诗道:"垂杨小院锈帘东,莺阁残枝蝶趁风。大抵西泠寒食路,桃花得气美人中。"

沉醉于诗情之中的柳如是,等来了她日思夜盼的钱谦益。虽然此时的钱谦益年过五旬,但依然气度不凡。

柳如是即刻起身施礼:"小生仰慕先生学识才华,特登门拜访,求指点一二。"

如她所期,钱谦益丝毫没有瞧不上这个所谓慕名而来的"小书生",他满脸谦和,略有玩笑之意:"盛传之言多半为虚,不过是兴趣切磋罢了。"

钱谦益落座后,和颜悦色道:"公子刚才所作的小诗颇有意境。只是,不知'美人'在何处啊?"说罢,悠然一笑。

柳如是自知刚才的即兴小诗似乎暴露出了自己的身份，又知钱谦益岂是等闲之人，于是坦白身份，言明自己在前几天日于岳武穆祠幸得大人指点诗文，颇受鼓舞，更仰慕大人的才华，所以忍不住再次登门拜访。

钱谦益显然并未猜出当日的柳如是是女儿身。他虽见惯了世事，却并不曾见过如此大胆又不遵章理的奇女子。且这个乔装而来的女子，并非为了荣华权贵，而是求取学问，这更让钱谦益颇为意外。

片刻，柳如是主动道明了姓名。

钱谦益对柳如是这个名字自是不陌生的。他早就听闻柳如是出身烟尘，但如莲花般出淤泥而不染，且颇有才情，同时更有一腔热血与崇高的爱国情怀，这不禁让他对眼前这个小女子刮目相看。

自此一见，钱谦益对柳如是大为欣赏，赞其诗词清丽，且发现她还写得一手好字，笔锋陡转，颇有功力，不禁感叹："女子富有美貌不奇，藏有才情也不奇，但两者兼具却心怀家国的豪情者，唯有如是也。"

自此，钱谦益与柳如是，心心相印，情投意合，白日游历湖光山水，夜里对酒当歌，月下小酌。

他怜她却又敬她，给了她最期待的爱情的模样。时光流转，两人双双坠入爱河。一时间，轰动全城。

柳如是问钱谦益，可曾害怕她出身烟尘之地，有辱名声。

他说不怕。

钱谦益问："卿既属意于我，可愿我为你脱离烟尘？"

柳如是感动不已，她一直在等待一个人，一个让自己敬仰的爱人，由他来带她离开生活的无奈。想到这里，她笃定地点点头。

钱谦益走过大半生，才体会到了爱情的滋味。

烈日当空，万象喧嚣。

五十九岁的大文宗钱谦益，八抬大轿迎娶了柳如是。

二十三岁的江淮名伎柳如是，风风光光以妻之名嫁给了爱情。

古时，男子娶上几房侍妾是再平常不过之事，但已有正室却添嫡妻的例子却是少之又少。他爱柳如是，就要给她最名正言顺的身份。

从此，柳如是成了钱夫人。花轿内的柳如是喜泪满面，她感激这个男人给了自己希冀的一切。

夜里，暖榻共卧，柳如是紧紧依偎在钱谦益身边。

她问钱谦益，这样将万千宠爱集于她一身，可怕家中生出是非？钱谦益摇头。

又问，那是否会怕天下人耻笑，堂堂文宗却恋烟尘女子？钱谦益摇头。

"那你到底怕些什么？"柳如是急切地问。

"只要你不退缩,为你所走的每一步都不曾怕过。"钱谦益内心感谢柳如是,是她的出现,让自己碰到了爱情的触角。他知道,世间有一种情愫,它不论出身、不论年龄、不论阶层,只论内心是否被触动。

钱谦益根据《金刚经》中"如是我闻"之句,为柳如是独僻清幽之地,题名"我闻室",以暗喻柳如是的名字。小楼落成之日,他题诗抒怀:

清樽细雨不知愁,鹤引遥空凤下楼。
红烛恍如花月夜,绿窗还似木兰舟。
曲中杨柳齐舒眼,诗里芙蓉亦并头。
今夕梅魂共谁语?任他疏影蘸寒流。

钱谦益的一片深情,让柳如是感动不已。她虽年纪轻轻,却是历尽人世坎坷。纵然也曾备受万人追捧,可又怎么能不知道那些人都是逢场作戏呢?如今所遇良人,他给了她等待后的最好结局。柳如是回赠了一首名为《春日我闻室作呈牧翁》的诗:

裁红晕碧泪漫漫,南国春来正薄寒。
此去柳花如梦里,向来烟月是愁端。
画堂消息何人晓,翠帐容颜独自看。
珍贵君家兰桂室,东风取次一凭栏。

春风又绿江南岸。成婚后的日子，两人犹如神仙眷侣。

他们携手出游，走遍名山秀水，看尽美景山河。良人相伴，美酒在手，人生最幸福的时刻莫过于这情爱时光了。

爱情来了，好运也接踵而至。正携爱妻游历山水的钱谦益接到朝廷的旨意，任命其为尚书，而柳如是也摇身一变，成了尚书夫人。柳如是内心自是惊喜万分的，而钱谦益也无时无刻不在向世人昭告他对柳如是的一片痴心。

然而，这份独宠也在钱谦益其他妻妾的心里，埋下了她们对柳如是的深深嫉妒。

自从任命为尚书，钱谦益更为繁忙，经常夜不成眠，柳如是看在心里，疼在心上，敬佩之情也油然而生。她心想，自己果然没有看错，所爱之人虽然已是花甲之年，却仍有一颗忧国忧民的大爱之心。

柳如是心之向往的，便是嫁给一位大英雄，也就不自觉地给钱谦益贴上了这样的标签。在她看来，势死拼敌、守护山河才是大丈夫所为，可这也让两人之间产生了巨大的误会。

此时的大明战局堪忧，几番征战亦是节节败退。

战况紧急，敌军马上就要攻打到城下。然而，一向慷慨大义的钱谦益却以全城百姓安危为由，提出主动献出城池，敌军大喜。

这是柳如是万万想不到的。在她失望之际，钱谦益因愧对朝廷，在夜色中声泪俱下，柳如是见他也是出于无奈而献出国土，遂将失望转为了心疼。在敌军兵临城下之时，她提出与夫君一同自尽，投水殉国。

滔滔河水，滚滚江流。钱谦益一声叹息，拉回了柳如是："水太冷了，不能去。"柳如是闻听，便要只身殉国，却被钱谦益拉了回来。一颗炽热的爱国之心就这样凉了，比那水还凉，柳如是不再言语。

不久，钱谦益降清，清廷请其担任官职，他接受了，可柳如是此刻却心灰意冷。在她眼里，夫君应是满腔热血的男子汉，怎能投降清廷？更不能接受任职。临行之时，柳如是没有来送别，钱谦益在夜色之中一声轻叹："她这是在怨我啊！"

至此一去，原本相爱的两人就此分隔。

可当初的情比金坚，如今怎能就因一事而情断义绝？柳如是顿感凄凉，她不敢相信曾经令她幸福满足的爱情，会以这样的方式草草结局。

夜里，她梦回当初与夫君初相识相恋的时光，对于见惯了人间万事的她而言，却在爱情面前手足无措，她坐立不安，生怕心上人不能赴约。

忽然梦醒，她一头冷汗，梦回现实后，不禁心凉如水，毕竟是她爱着的人啊……

柳如是伤感至极，落笔写下《江城子》：

梦中本是伤心路。芙蓉泪,樱桃语。满帘花片,都受人心误。遮莫今宵风雨话,要他来,来得么。

安排无限销魂事。砑红笺,青绫被。留他无计,去便随他去。算来还有许多时,人近也,愁回处。

钱谦益赴京,接受清廷的任职被人诟病,也因为柳如是爱国思想的影响,他称病还乡。

一代文宗钱谦益怎会不知道柳如是心中所想?他自然晓得柳如是期待他成为征战沙场的大英雄,可是他毕竟已是花甲之年,大敌当前又怎能贸然做出某些举动?明明知道苦守城池只能是无畏牺牲,又何必让百姓受此牵连?

他的每一步,柳如是现在不会懂,可能再过二十年就能明白了……有些事,不是凭着一腔热血一不做二不休的,当年穆祠中的人是他,如今拱手让城的人也是他啊。

然而,他并不怪柳如是不理解自己,相反她仍然是那个自己忍不住思念的心爱之人,他不想在心上人面前留下个贪生怕死的印象,他希望有朝一日她能明白。

顺治四年(1647年),钱谦益因为反清案而入狱。这一次,他做了爱国之举,也因此付出了代价。

这个消息传回家中,众人哗然。一众家眷哭号不止,怨老爷一把年纪不为众人考虑,所谋之事有勇无谋,其实他们生怕牵连到自己的性命和家产。只有柳如是,她双眼噙泪,仿佛看到了当年岳武穆祠的慷慨义士。

柳如是擦干眼泪,奔波求助,不惜花掉当年钱谦益送的所有聘礼,终于将夫君救出。

二人相见,钱谦益已是满脸憔悴,与柳如是对视无言,唯有泪千行。所有的怨言此刻一笔勾销,他还是她心中的英雄,而她除了是他的深爱之人,此刻也是他的救命恩人。

然而,世人并不能宽恕他当年的拱手让城之举。

走过了爱情的甜蜜期,迎来的是同甘共苦、相濡以沫。柳如是鼓励钱谦益资助当时的抗清义军,一是为弥补过失,二是为国为民做力所能及之事。恰恰是这些义行,对后世产生了巨大的影响,也让钱谦益的个人形象在世人的眼中有了改观。

历经一世浮沉,钱谦益于公元1664年去世,此时正值康熙三年。钱谦益走了,可是风波却没有走。

来不及伤心怀念的柳如是被乡里族人聚众"夺产",这其中还有钱谦益的妻妾。显然,柳如是这些年深得宠爱,她们早已视其为眼中钉。

一朝无依靠,群起而攻之。如果说年轻时的柳如是非比寻常,勇于迎接挑战,只能说那时的她从未经历过爱情,也不曾养育过子嗣,无欲则刚,自然无所畏惧。可如今,她只是一个失去了丈夫、女儿已经出阁的孤单女人,软弱无助。

妻妾们咄咄逼人,咒骂她是红颜祸水,讽刺她不配身为人母。这时的柳如是,为了保护钱谦益家产不被乡里族人霸占,最终悬梁自尽而亡。

至此,一代才女香消玉殒,享年46岁。

王国维有诗云:

>　　幅巾道服自权奇,
>　　兄弟相呼竟不疑。
>　　莫怪女儿太唐突,
>　　蓟门朝士几须眉。

漫漫红尘,许我一生温婉;浅浅岁月,赐我一世痴缘。知你心有所属,方懂情深义重,初见,惊艳;不见,眷恋;相守,却情深缘浅。

人生若只如初见

——纳兰性德与卢氏

山川湖海有你,日月星辰有你,春秋柔和有你,冬夏安然有你。因为有你,方有我眼中的山川湖海、日月星辰、春夏秋冬。

木兰花·拟古决绝词柬友

〔清〕纳兰性德

人生若只如初见,何事秋风悲画扇。
等闲变却故人心,却道故人心易变。
骊山语罢清宵半,泪雨霖铃终不怨。
何如薄幸锦衣郎,比翼连枝当日愿。

如果和心上人能够停留在初见时的那种心动和美好,又怎么会有后来的怨恨别离?如今当初的有情人转身成了无情人,你却告诉我,爱情本就易逝,人心本就多变。

你我就像唐明皇与杨玉环在长生殿立下过生死誓言,虽然最终诀别但心不生恨。可又有不同,你怎比得过唐明皇?他至少真诚地与杨玉环有过比翼鸟、连理枝的誓约。

纳兰性德，字容若。他出身于富贵名门之家，父亲乃是朝中重臣，母亲则是英亲王阿济格的第五女爱新觉罗氏，可谓家门显赫。

他幼时勤学，文武兼修，年纪轻轻即有百步穿杨的本领，且才高八斗，18岁中举，19岁成贡士，后应选殿试，22岁被赐进士，而后任康熙殿前一品侍卫。一代翩翩君子，集天下羡慕于一身。

只可惜天妒英才，多情才子刚31岁便殒命，可他在世时所经历的一切却流传至今。

纳兰性德年少懵懂时，曾与青梅竹马的表妹产生过朦胧的感情，少年的情爱总是炙热诚恳的，他们曾在心里立下誓言，期望此生共赴白头。

可是，两人的情感却止步于表妹入宫选秀，两人从此天涯两端。这成了纳兰性德人生路上的第一段缺憾。

他将悲伤书写在纸上："一生一代一双人，争教两处销魂？相思相望不相亲，天为谁春！"他开始明白，爱情这件事并非求而既得，可越是不得，表妹越是成了他心中向往的白月光。

岁月流转中，纳兰性德已成翩翩少年郎，才华横溢的他在18岁那年就高中举人，一时间声名大噪，人人都知纳兰家的儿子不仅能文能武,更是一朝中举,甚得圣意。

翌年,19岁的纳兰性德如期参加殿试,却不想在殿试临近之时患病,无法顺利应试。无奈,他只能错过这种际遇难求的机会。

当他带病而归后,母亲心疼至极,只让他安心静养,以后再求功名不迟。母亲日日悉心照料,父亲也偶尔陪伴,他仿佛再次回到了幸福的幼年时光。

纳兰性德一病,母亲思虑颇多,想着应该有个人好好照顾他了。此时儿子虽然病已痊愈,但母亲仍然让他暂时放下考取功名的心思,希望他能先行完婚。

父母之命不可违也,纳兰性德点头应允。

然而他却在成婚的前一晚,心中涌出些许悲伤。他自表妹后从未真正有过爱情,而少年时的懵懂之情却一直占据着他的心。而今物是人非,想到入宫的表妹,又想到自己即将所娶非卿,不禁心生凄凉,写道:

"人生若只如初见,何事秋风悲画扇。等闲变却故人心,却道故人心易变。骊山语罢清宵半,泪雨零铃终不怨。何如薄幸锦衣郎,比翼连枝当日愿。"

情再美,终究已成昨日烟雨,不再复还。

母亲心仪之人是两广总督卢兴祖之女卢氏。一个堂堂正正的名门闺秀,且是位博学多才的世家淑女。可是纳兰性德不了解她，对她也并无感情，这种婚姻，他不曾寄予厚望。

两人的婚礼如期举行，盛大而隆重。一位是才华惊人的翩翩公子，一位是国色天香的贵族淑女，在旁人看来，可谓佳偶天成。

可纳兰性德心里却十分淡然，家族婚姻本就与政治有着千丝万缕的联系，这与他内心向往的纯美爱情，像是两条平行线。

新婚之夜，纳兰性德醉意渐浓，盖头下的新人端庄而坐，等待着有情人伸手掀开盖头。纳兰性德踱步而行，走到新娘面前，空气格外安静，好像听得见盖头之下新娘的呼吸。

听母亲形容，卢氏貌美且温婉，纳兰性德晓得母亲大人的良苦用心，两人门当户对，家族联袂更是如虎添翼。想到这里，他浅笑一下，掀开了盖头。

一瞬间，空气仿佛凝固，20岁的纳兰性德仿佛都能听得见自己的心跳，一见钟情莫过于此吧！

18岁的少女卢氏，面若桃花，眼含秋水，见新婚夫君挑开盖头，本能地微微低头。

最是那一抹娇羞入心，纳兰性德似乎从没有见过这样貌美的女子，温婉动人，肤如凝脂。他的手便僵在半空中，好一会儿才回过神儿来。

两人的模样完整地映在红烛下，卢氏见到夫君，心想果然名不虚传，眼前的他风度翩翩，相貌俊朗，气宇不凡，不觉心生爱慕。

一朝入君家，终身随君心。一天天过去，卢氏对纳兰性德的爱逐渐浓烈起来，而天生丽质的卢氏略施粉黛就显得格外美丽。成婚后的日子里，卢氏从生活细节上看出夫君是一个追求完美且唯美的人，她便精心地修整自己的妆容，每一次和夫君相处都温婉精致，纳兰性德自是心生欢喜。

他也察觉到了妻子是一个追求精致且有趣味的女人，她会将雨后打落的花瓣拾起来夹在书页间，也会将练字废掉的纸折成各种手玩，摆弄过后放在书房一角，一来二去就成了一个赏心悦目的小角落。

时光匆匆，红了樱桃，绿了芭蕉。转眼间，二人成婚已有一年的光景，在这段时光之下，他们从"素未谋面"到"只是听说"，再到"朝夕相处"，两人瑟瑟和鸣。

风度翩翩的纳兰性德除了才华横溢，还是个颇有生活情志的人，他渴望爱情，且心中尽是柔情。而卢氏出身名门闺秀，除了知书达理，更通晓诗文，且内心住着一个活泼可爱的少女。

渐渐地，纳兰性德心中因表妹而生的缺憾被卢氏所弥补。温婉动人的卢氏，活泼可爱的卢氏，落落大方的卢氏……"她们"慢慢地占满了纳兰性德的心。

纳兰性德宠她的小情趣，为她摘来雨后的凤仙花，按她念叨的方法制作成染甲液。卢氏说淡淡的颜色染在指甲上美极了，说着，她抬起手来调皮地凑到夫君面前，柔声问道："美吗？"眼里充满娇媚的期待,纳兰性德粲然一笑,满世界的凤仙花仿佛都开了……

一生一世一双人,纳兰性德何时想过婚姻中能收获这样完美的爱情,卢氏又何曾预料过自己命中注定的那个人,会是一位文武兼修的谦谦君子。

两人月下贪杯共享夜色,牵手于小巷中沐浴晚风。佳人不只有美貌,其才学见识也让纳兰性德惊喜万分,品诗论词来亦能侃侃而谈。纳兰性德兴起,与心上人玩起了赌书饮茶的小游戏,时光之中尽是彼此的浓浓爱意。

日月如梭,辗转千日。两人在一起的日子里,纳兰性德如愿考取了功名,被授予进士,仕途一片大好,而此时又得喜讯,心上人有了身孕,纳兰性德与卢氏的爱情终于开花结果了。

可谁也没有想到,这个喜讯带来的是两人命运的极致反转。

十月怀胎,亦苦亦甜,在整个家族的期盼下,小家伙终于要来到世上了。

屋外细雨绵绵,纳兰性德在厅堂踱步,母亲则既焦急又掩饰不住喜悦的神情,侍奉的丫头们进进出出,卢氏正在生产。

受尽辛苦,家人报喜:喜得一子;却继而报忧:少夫人难产失血,命不久矣。

天妒良缘,纳兰性德的枕边知己最终因产后受寒不幸离世,他一时竟缓不过神来。昨晚他还曾亲手喂心上人吃热羹,一宵冷雨过后,便是天人永隔了吗?

  林下荒苔道韫家,生怜玉骨委尘沙。愁向风前无处说,数归鸦。
  半世浮萍随逝水,一宵冷雨葬名花。魂是柳绵吹欲碎,绕天涯。
——《山花子·林下荒苔道韫家》

  他跪守灵前,不忍接受事实。听着襁褓中孩儿的啼哭声,恍然如梦。

  人生若如初见。

  纳兰性德没有任何一个时候比此刻更渴望他和妻子回到当初,他会在掀开盖头的一刹那就拥她入怀,从此珍惜分分秒秒。

  一切俨然是梦。
  妻子离去后的日子,纳兰性德开始吟诵佛经,在淡淡的檀香味里无数次追忆着他与爱妻相守的画面。他乞求佛祖,让她在没有自己的日子里不受凄风寒雨。他虔诚诵经,只盼妻子早日"回"天上。在他眼中,她一定是天使下凡,因为人间哪有这样美好的女子呢……
  又是细雨霏霏的清晨,一夜未眠的纳兰性德失手打翻了茶杯，茶水染在他未完成的诗作上，他注视良久，红了眼圈，霎时又想起与妻子曾经赌书饮茶的欢乐时光：

> 谁念西风独自凉，萧萧黄叶闭疏窗，沉思往事立残阳。
> 被酒莫惊春睡重，赌书消得泼茶香，当时只道是寻常。
> ——《浣溪沙·谁念西风独自凉》

往事如烟，世间琐事碎人心。因思念而来的新伤旧疾并发，他心痛不已。

岁月如梭，时光转瞬即逝。纳兰性德的心上人已经离开尘世很久很久，时光之下，久到宛若千年；思念之上，却仿似昨天。纳兰性德之痛，无人能懂。他无数次陷入梦魇——她转身离去的瞬间。

山川湖海有你，日月星辰有你，春秋柔和有你，冬夏安然有你。因为有你，方有我眼中的山川湖海、日月星辰、春夏秋冬。

整日郁郁的纳兰性德终因思念而长病不起，在数年前爱妻离世的那一日，他闭上了眼睛，终年不过31岁。

英年早逝的他嘴角含笑，他终于可以和心上人再度相会，去续写这一世的"卿如天上月，未圆终成缺"。

旷古绝恋清凉山

——顺治帝与董鄂妃

天地为席,山河作枕。你在之处,才是漫漫余生。你若离去,哪堪日月再起?唯愿你我生生世世永不分离。

清凉山赞佛诗四首

〔清〕吴梅村

西北有高山,云是文殊台。
台上明月池,千叶金莲开。
花花相映发,叶叶同根栽。
王母携双成,绿盖云中来。
汉王坐法宫,一见光徘徊。
结以同心合,授以九子钗。
翠装雕玉辇,丹髹沉香斋。
护置琉璃屏,立在文石阶。
长恐乘风去,舍我归蓬莱。
从猎往上林,小队城南隈。
雪鹰异凡羽,果马殊群材。

言过乐游苑,进及长杨街。
张宴奏丝桐,新月穿宫槐,
携手忽太息,乐极生微哀。
千秋终寂寞,此日谁追陪。
陛下寿万年,妾命如尘埃。
愿共南山椁,长奉西宫杯。
披香渾博士,侧听私惊猜:
今日乐方乐,斯语胡为哉?
待诏东方生,执戟前诙谐。
熏炉拂黼帐,白露零苍苔。
吾王慎玉体,对酒毋伤怀。

伤怀惊凉风,深宫鸣蟋蟀。
严霜被琼树,芙蓉凋素质。
可怜千里草,萎落无颜色。
孔雀蒲桃锦,亲自红女织。
殊方初云献,知破万家室。
瑟瑟大秦珠,珊瑚高八尺。
割之施精蓝,千佛庄严饰。
持来付一炬,泉路谁能识!
红颜尚焦土,百万无容惜。
小臣助长号,赐衣或一袭。
只愁许史辈,急泪难时得。

从官进哀诔,黄纸抄名入。
流涕卢郎才,咨嗟谢生笔。
尚方列珍膳,天厨供玉粒。
官家未解菜,对案不能食。
黑衣召志公,白马驮罗什。
焚香内道场,广坐楞伽译。
资彼象教恩,轻我人王力。
微闻金鸡诏,亦由玉妃出。
高原营寝庙,近野开陵邑。
甫望仓舒坟,掩面添凄恻。
戒言秣我马,遂游凌八极。

八极何茫茫,日往清凉山。
此山蓄灵异,浩气共屈盘。
能蓄太古雪,一洗天地颜。
日驭有不到,缥缈风云寒。
世尊昔示现,说法同阿难。
讲树笋千尺,摇落青琅玕。
诸天过峰头,绛节乘银鸾。
一笑偶下谪,脱却芙蓉冠。
游戏登琼楼,窈窕垂云鬟。
三世俄去来,任作优昙看。
名山初望幸,衔命释道安。

预从最高顶,洒扫七佛坛。
灵境乃杳绝,扪葛劳跻攀。
路尽逢一峰,杰阁围朱阑。
中坐一天人,吐气如栴檀。
寄语汉皇帝,何苦留人间。
烟岚倐灭没,流水空潺湲。
回首长安城,缟素惨不欢。
房星竟未动,天降白玉棺。
惜哉善财洞,未得夸迎銮。
唯有大道心,与石永不刊。
以此护金轮,法海无波澜。

尝闻穆天子,六飞骋万里。
仙人觞瑶池,白云出杯底。
远驾求长生,逐日过濛汜。
盛姬病不救,挥鞭哭弱水。
汉皇好神仙,妻子思脱屣。
东巡并西幸,离宫宿罗绮。
宠夺长门陈,恩盛倾城李。
秾华即修夜,痛入哀蝉诔。
苦无不死方,得令昭阳起。
晚抱甘泉病,遽下轮台悔。
萧萧茂陵树,残碑泣风雨。

> 天地有此山，苍崖阅兴毁。
> 我佛施津梁，层台簇莲蕊。
> 龙象居虚空，下界闻斗蚁。
> 乘时方救物，生民难其已。
> 淡泊心无为，怡神在玉几。
> 长以兢业心，了彼清净理。
> 羊车稀复幸，牛山窃所鄙。
> 纵洒苍梧泪，莫卖西陵履。
> 持此礼觉王，贤圣总一轨。
> 道参无生妙，功谢有为耻。
> 色空两不住，收拾宗风里。

这首《清凉山赞佛诗》与传统情诗有所不同，它并非出自故事主人公之手，而是出自第三人吴伟业（字骏公，号梅村）之手，诗中所述乃是顺治帝与董鄂妃的旷古绝恋。

顺治帝是清朝入关后的第一位皇帝，他是孝庄皇太后之子爱新觉罗·福临。

他的皇位并非继承而来，也不是他一手打下的江山，而是靠皇叔多尔衮和母亲孝庄皇后的鼎力相助才得以坐拥天下的。可能正是因为如此，顺治帝才对皇权江山十分淡泊。

相比起其他兄弟，他跟随母亲一生经历着风雨打磨，是个善感而重情的皇帝，也是个倔强的痴情之人，他的痴情以至于后来几乎改写了他的命运。

顺治二年（1645年），他微服出巡，特意命侍奉从简，不得有车马随行。

久居宫中的顺治帝置身于烟火缭绕的繁荣小巷，心中竟升腾出一股满足感。听闻说书茶楼最能听到百姓的心声，顺治帝颇感兴趣，便想要听听百姓心中的大清是何等模样。

他一身便装，贴身侍卫在人群中暗自随行，天之骄子，仪表堂堂，风流倜傥中却有几分遗世独立的内敛。

人潮涌动，一派繁荣的景象。顺治帝在进入茶楼的门口不巧与一位白衣公子撞个满怀，两人各自退后一步，侍卫此刻已冲到了眼前。白衣公子也随身带着一个小书童，眉清目秀，看见主人可能有些小麻烦，神色略显紧张，想要冲上前来保护又踟蹰不前。

顺治帝气宇不凡，折扇微摇，开口先道："公子可还好？"

白衣公子见状淡然一笑，拱手还礼："无妨。公子如何？"顺治帝微笑还礼。两人互请进入茶楼，却只看到了一张空桌，遂只好同坐一桌。

说书人讲的并非顺治帝当前治理下的盛世，却是多尔衮当初亲率精锐征战沙场的万般豪勇之景，顺治帝听了不觉怅然若失——帝王的百姓，念的不是帝王的恩情。

但细想当年打下江山之人确实是多尔衮和母亲孝庄皇太后，自己继承帝位不久，励精图治也要经岁月沉淀才更能发挥出效用……

"多尔衮为江山社稷自然立下了汗马功劳,但是当今圣上也是贤明有德,百姓才得以安居乐业啊!"白衣公子望着说书人言语道。

顺治帝笑而不语。一场书评,尽显民间百态。

顺治帝意欲离开,与白衣公子几乎同时起身。两人会意一笑,他却在转身时看到了白衣公子耳上隐约的耳洞……

一面之缘止于礼。

此时的顺治帝还是个翩翩少年郎,他也未承想今日一面竟会与她结下良缘。

是年,孝庄皇太后为顺治帝寻觅佳缘。千红万艳的秀女看得他心生疲倦,但他重孝道,见皇太后认真选秀也只能陪伴左右,却不停地皱眉摇头。

此时,秀女中仿佛有一张略微熟识的面孔——鄂硕之女董鄂氏,满洲正白旗人,虽不见倾国倾城之貌,但眉目娟秀,知书达理。她款款走上前向皇太后请安,向顺治帝施礼,步履间尽显万种风情。

顺治帝见她低头一瞬的模样有些似曾相识,便让她抬起头来。秀女落落大方地抬起头,目光与顺治帝相遇,两人一时愣住。

原来,她正是顺治帝在茶楼遇到的"公子"。顺治帝心头掠过一丝惊喜。

顺治帝高坐于上，秀女伫立于下，两人似远又近。

"你可爱听茶楼说书吗？"顺治帝略有试探意味又颇为逗趣地问。

秀女微微低头，心怀脱兔："臣女不曾听过，不晓其乐。"

旁人听得一头雾水。孝庄皇太后却见顺治帝面露悦色，她内心其实并不中意这个姑娘，却奈何皇帝喜欢，遂选中此秀女。

顺治帝与董鄂氏喜结良缘。董鄂氏一朝入皇室，此生入君心。

爱情来了，即使是天子的心也会沦陷。

红烛灿灿，星光流转。

自从娶了董鄂氏，顺治帝更加神采奕奕，精神抖擞地上早朝，与臣子们探讨政务。待下了朝，他又会步履矫健地直奔董鄂氏的寝宫。

被心爱的人等待是何等幸福，他的董鄂氏温柔如水，早已准备好他爱吃的桂花酥和酒茶等他品尝。心上人的一抹浅笑，足以舒展他眉间的三日愁容。

顺治帝从未享受过这样的爱情，见了董鄂氏会精神焕发，抱着董鄂氏会心跳加速，看着董鄂氏仿佛看到白首偕老的温馨画面。她是他的心爱之人，也是他的知己。

董鄂氏过了不久便被赐为贤妃，一月有余又被赐为贵妃。年少的皇帝此时不知，后宫专宠往往会害了最心爱之人。

董鄂妃这么快登临贵妃之位,皇太后看在眼里,急在心上。她了解自己的儿子,他倔强且执着,担心他会因深陷这段感情而影响江山社稷,毕竟皇室婚姻皆有政治色彩。显然,这段感情的存在只是因为爱情,可是爱情在江山皇权面前,还是太轻太轻了……

于是,皇太后钦点皇后人选,第一人是本家侄女,可是大婚后却难得圣心,终日陷在后宫争斗中,最终因有失身份而被降为静妃。

皇太后百般思量,又从自己的家族中选出侄孙女——一个德才双修、机灵可爱的女子,孝庄皇太后甚是喜爱,可是顺治帝心里住着董鄂妃,所以一眼都不愿多看。

终有一日,皇太后极力劝说顺治帝在皇后寝宫就寝,结果他竟然一夜未眠,只是静心练字。第二天,皇后便委屈地找皇太后哭诉,太后勃然大怒。

顺治帝不知,他此时已触碰了一个不平凡母亲的底线,她是母亲,也是大清的皇太后。

正当皇太后已然迁怒于董鄂妃之时,董鄂妃有喜了,顺治帝欣喜若狂。

顺治十四年(1657年),董鄂妃为顺治帝诞下一子,顺治帝格外喜爱,举行颁布皇第一子诞生诏书的隆重庆典。

生产后的董鄂妃身子愈加单薄,偶感风寒也要一个月才能痊愈，而此时四皇子仅数月，却赶上皇太后头痛旧疾复发，于是便钦点董鄂妃床前尽孝。

董鄂妃能得圣心，全赖于她深明大义，懂得体谅。她自己虽然身体欠佳，但却和顺治帝只字不提，还是前往皇太后处侍奉。

也许是皇太后有意训导。不出几日，董鄂妃便病倒在床榻，咳嗽不止，太医轮流诊断开药也不见起色。昏昏沉沉，不知有几日，她隐约听见有宫女谈论四皇子，微微睁眼询问，宫女却闭口不谈。

董鄂妃病中之时，顺治帝每天来到她的寝宫，顾不得用膳，便亲手喂药，可她的病情始终不见好转。他烦躁不安，调来整个太医院为董鄂妃医治，可一波未平一波又起，四皇子高热不退，太医院会诊也未能说出究竟。不久，噩耗传来，四皇子不治而亡。

董鄂妃在病中听闻四皇子不幸夭折的消息，仿佛瞬间失去了整个世界。

陷入哀伤之中的董鄂妃似乎都没有了痛哭的力气，她被顺治帝半倚抱在怀里，少顷，她终于忍不住嘶吼道："天啊！我到底做错了什么！"话音刚落，一口鲜血喷出……从此一病不起。

顺治十七年（1660年）八月九日，一代佳人香消玉殒，二十二岁的董鄂妃死在了爱人怀中。

痛失爱子，再失心爱之人，顺治帝的精神世界崩塌了，他仿佛一夜苍老。

不上早朝，无法请安，终日空坐，泪流满面。他唯一能做的就是为心爱的董鄂妃下葬。生前他未能尽己之力给她最好的名分，死后却要光明正大地以皇后之礼下葬。此刻，他不是一个逾矩的皇帝，他只是一个痛失爱人的男人。

顺治帝安静地坐在禅院之中，昨日仿佛已是千年以前。

"千万根烦恼丝顷刻断绝，何等容易，何等痛快！从此后赤条条无牵挂！"失去了人间至爱的他再无留恋，遂遁入佛门，修行为僧。

一生指点江山，看尽人世苍凉的孝庄皇太后见状也是无可奈何，她命人无论如何也要将皇帝接回宫中。

顺治帝最终顺从，他再度置身于宫中，往事历历在目。

顺治帝病了，于顺治十八年（1661年）正月驾崩。

一代帝王，痴情一生。情深若为利刃，相爱之人定当生死相随。他再见心爱之人时定会再问："姑娘可爱茶楼听书？"想必董鄂氏还是会摇头回应："从未。"

天地为席，山河作枕。你在之处，才是漫漫余生。你若离去，哪堪日月再起。唯愿你我生生世世永不分离。

相思了无益,悔当初相见

——朱彝尊与冯寿常

经一场大梦,见满眼山花烂漫,如见故人,喜极而泣。经一场梦醒,手悬当空握一把苍凉,别了故人,宁愿无爱也无好。

忆少年·飞花时节

〔清〕朱彝尊

飞花时节,垂杨巷陌,东风庭院。重帘尚如昔,但窥帘人远。

叶底歌莺梁上燕,一声声伴人幽怨。相思了无益,悔当初相见。

俨然又到落花漫天的时节,静默的垂柳掩映着街巷,幽幽的庭院伫立在东风中。风吹帘幕的幽动仿佛还和从前的光景一样,可回过神来,这帘中让我思念窥望的人却已经不在了。

虽然有黄莺在繁枝茂叶中婉转吟唱,飞燕在梁间轻声呢喃,可此刻它们仿佛也在为我幽叹。所有刻骨相思于现实也是徒劳无果,这般痛入骨髓叹不如当初不曾相遇相见。

一朵飞花，勾起无限愁思。

这里的痴情人是朱彝尊，清朝浙江秀水人。

他在文坛成就斐然，与世人皆知的纳兰性德齐名，是当时最大词派"浙西词派"的创始人，可谓当之无愧的清代文坛大家。

朱彝尊晚号"小长芦钓鱼师"，可见也是情趣风雅之士。他出身于博学世家，是明代大学士朱国祚的曾孙。他的词作风格清丽脱俗。据史文记载朱彝尊在康熙二十二年（1683年）入直南书房，成为皇帝侍读。

然而，名垂青史的不只是他的才华，还有他颇受争议的爱情，堂堂一位领袖级的文坛大家，却也曾卑微地爱着一个人。

朱彝尊虽出身于博学世家，但家族却因世事变幻而中途衰败。

世间父母皆有望子成龙之心，朱母也不例外，她深知靠一己之力难以帮衬儿子，于是希望儿子先成家后立业。毕竟若能有一门好亲事，不仅可以安家，儿子也有了人生路上的依偎。

旧时，朱彝尊的曾祖父曾与归安县教谕冯镇鼎旧家为邻，彼此来往颇深，亦友亦亲。

此时冯家恰有小女长成，名叫冯福贞。

冯家父母自幼悉心教女，所以冯福贞可谓琴棋书画般般都会，且小小年纪就知书达礼。冯父不期盼女儿嫁给达官贵人，只希望爱女将来能许配个普通的好人家，找一个一心一意呵护女儿的有情人。是时,与其祖上交好的朱家映入了冯父的眼帘。

听闻朱家有儿朱彝尊,颇有当年其曾祖父大学士的风范,乃情趣风雅之士,才华横溢,仪表堂堂,风度翩翩,冯父不禁十分中意。

却不知此时朱家对冯家小女也早有留意。朱母格外喜爱冯福贞的知书达礼和大家闺秀之风,内心深知她绝不是寻常儿女,不仅能在生活上照顾儿子,还能在仕途上助儿子一臂之力。

此门亲事再合适不过,加之本是世交,于是两家一拍即合。

冯福贞家境优渥,而此时的朱彝尊却是家族衰落,一没有迎娶的聘礼,二没有新婚的住处。

冯父是个豪杰,女婿的这种羞涩和尴尬自不用明说。于是,他主动提出二人成婚后可居于冯家,且婚事可由冯家来主办。

朱彝尊的父母又喜又悲。喜的是正如心中所期,一朝与冯家结亲,可谓大树底下好乘凉。而悲的是,朱家毕竟历代注重门楣名声,让儿子入赘,实在是有辱门庭。

然而,拗不过现实,稍做思量之后,朱彝尊父母还是点头应允了。

朱彝尊17岁那年,初春乍寒,余雪未消,他与冯福贞完婚,正式入赘冯家,此时冯福贞15岁。

而关于"入赘",这在古今对于男子来说都不能算作荣耀之事，何况饱读诗书的朱彝尊，这也许让他对自己婚姻的消极感埋下了伏笔。

欣赏朱彝尊的岳父大人格外关注他，起初是备感骄傲的，认为自己为爱女觅得的佳婿，是一个才华横溢又能托付终身的可靠之人。

然而，世人终究只是凡夫俗子。

日复一日，朱彝尊一介文弱书生的辛薄收入何以承载生活的重担？眼见着他不能担负起养家糊口的责任，岳父口不言语，却眉头微皱。

朱彝尊是一个敏感的人，他那不允许被轻蔑的自尊心开始变得越来越强，整个人也渐渐地生出卑微感来。

一场婚姻中，当男人的尊严受损，又何谈幸福？我们无须窥视冯福贞的内心，便可知他们的爱情到底是敌不过现实的。

此时冯家小女，即冯福贞之妹冯寿常，出现在朱彝尊的眼前。不过十岁的小姑娘，谁也没有预料到，这个正在后院捉蝴蝶的小姑娘会有治愈朱彝尊受伤的自尊心的能力。

这个家教甚好的小姑娘天真可爱，她颇为崇拜才华横溢的姐夫，十岁的她不仅把这份崇拜根植在了内心，也毫不掩饰地挂在了脸上。

她尚不懂情爱为何物，但是觉得姐夫朱彝尊心有天地，如父如兄，是她心目中的盖世英雄。

面对这个温暖可爱的小姑娘，朱彝尊的内心颇受鼓舞和满足，原本受伤的自尊心好像慢慢找到了修复的灵药。

他手持毛笔，对着站在门口的冯寿常柔声地说道："我教你写字可好？"

冯寿常喜形于色，丝毫不掩饰地笑着。这个小女孩的率性天真仿佛秋天里飘浮在蓝天上的淡云，它们一边游走一边升腾，让人看了忍不住释放收敛着的深呼吸。

朱彝尊开始教她读书识文，她愿意听他谈古论今。在灿烂的阳光中，他一袭白衣，风流倜傥，大有挥斥方遒的豪情。她太小，还形容不出这种感觉，但却被一种引力紧紧地吸附着。

他望向仰望她的眼神，心生怜爱。

时光荏苒，妻子冯福贞静默陪伴着，妻妹冯寿常也在天真嬉闹中出落成了少女的模样。

朱彝尊的心内滋生出了一种莫名的情愫，只希望时光不疾不缓，停留在此刻，让自己可以静守在冯寿常身边。

落雨时分，冯寿常来找姐夫诉苦，她不能出去玩了，可是下雨天写字又觉得太闷。见她天真烂漫的样子，朱彝尊忍不住疼惜起来。为了哄她开心，他灵机一动："那今天就描摹小像可好？"

小姑娘一听，眼前一亮："那可有趣多了，现在就开始吧。"

"那你我交替描摹。我先来做示范，你可要配合才行！"朱彝尊有意逗冯寿常，想让她安静坐下，配合自己描画这张可爱的脸。

冯寿常感觉新鲜，自然愿意。她将表情调整到最佳，露出标志性的笑容，活泼可爱，却不想一坐就是半个时辰。小姑娘有些困倦，新鲜劲儿也过了一大半儿，她开始诉起苦来。

而这边的朱彝尊却沉浸于小像之中，心生欢喜。

画喜欢的人是不觉得累的，他甚至觉得一向擅长作画的自己此刻笔拙，总是捕捉不到冯寿常最灵动之处。

听到冯寿常诉苦，朱彝尊速速收了笔，在耳鬓处又描摹了几笔，叫冯寿常过来看。

小姑娘兴奋地起身跑过来，像极了阳光下的追风少女。

只见自己的小像赫然"印"于纸上，连发丝都清晰可见。看着看着，小姑娘又拉长了脸，指着画中的额头问："明明是画画，但那个不好看的痣为什么还在？"

朱彝尊忍不住发笑，告诉她这才真实，小像不是贵在漂亮，而是贵在相像。冯寿常对这样的说法并不买账，对小像充满嫌弃。而这张被她嫌弃的小像便至此被收藏在朱彝尊的书本之中。

"轮到我了！"她兴奋地执笔，开始画了起来。朱彝尊十分配合。

她画他，他看她。

中途，冯寿常的眉宇微皱，认真的样子和刚才的调皮大相径庭。不过十几岁的年纪，就有颇为丰富的感知能力，朱彝尊这样想着，小姑娘已手持小像成品来到自己面前。

古诗词中的绝美情书

再次让朱彝尊对冯常寿刮目相看的，正是这幅小像。

只见纸上的画像活灵活现，怎一个"像"字可表！朱彝尊拿在手上，仿佛是拿了一面镜子，他惊叹于冯寿常的画作竟然如此传神！

抬头再看冯寿常，见她正颇为得意地看着自己。

自从相互画小像之后，朱彝尊开始带冯寿常温故诗词歌赋。此时，他开始唤她的小名"静志"，而这个名字，也在此后他的作品中频频出现。

朱彝尊对冯寿常的朦胧好感已经在内心疯狂滋生，历经岁月流转，早已升华为倾慕的爱情，尽管有妻子的默默守候，但冯寿常对他的吸引却与日俱增。

彼时，冯寿常已是十八岁的娇艳少女。

朱彝尊以《渔家傲》赞叹道："淡墨轻衫染趁时，落花芳草步迟迟。行过石桥风渐起。香不已，众中早被游人记。桂火初温玉酒卮，柳阴残照柁楼移。一面船窗相并倚。看渌水，当时已露千金意。"

在朱彝尊眼中，亭亭玉立的冯寿常，不需要胭脂水粉，不需要绾髻画眉，只因"芙蓉出自清水，自是芙蓉模样芙蓉香"。

而在美丽的冯寿常眼里，朱彝尊也早已映在了自己心上。

然而，这却是一段禁忌之恋。古时有身份的男子三妻四妾乃平常之事，但身为入赘女婿，妻子三从四德不逾矩，可心里却想着妻妹，于情于理，这都是一段为人诟病的情感。

可是爱情真的来了，一个是情窦初开的少女，另一个又是多情才子。

他们就这样以亲人的身份，盼天明再相见，恐日暮小别离。两人在纲常人伦面前显得疲惫痛苦，可身在爱情中，却又是甘之如饴的。

心上人在眼前，谁又能藏得住炙热的情感？

随着冯寿常的长成，他们之间并不寻常的情愫被家人渐渐发觉，当然，这其中也包括妻子冯福贞。

冯父断不允许这样的事情发生，一个是自己心爱的大女儿，他怎能允许自己当年看重的女婿伤了女儿的心？另一个是自己的小女儿，她少不更事，怎能与姐姐共侍一夫？

冯父自不会张扬，却不许二人再私下往来。只道是小女已大，尚未出阁，与家中男子往来多有不便。直到冯寿常19岁那年，冯父终于将小女远嫁。

看着心爱之人上了别人的花轿，原本洒脱的朱彝尊尝到了致命的心痛滋味。

他看着她离去的背影，仰天流泪，可这注定是不被接受的爱情，只能自己吞下苦果。

自此一别，天各一方。再长的思念无从诉说，再深的痛感只能默默承受。一时间，朱彝尊成了"行尸走肉"，他甚至写下"相思了无益，悔当初相见"的碎心之词，而远嫁的冯寿常也每每以泪洗面。

　　生别离，致心死。远嫁后的冯寿常并不幸福，或许是念及旧人，或许是新郎并不合心意。33岁本是大好年华，可冯寿常却已积郁成疾，久病不愈，最终离开人世。

　　而朱彝尊沉浸在思念的痛苦之中，也已日渐习惯，和妻子归于平静的生活，只是已经不似往昔了。

　　世间有一种爱，即若你在，天涯海角暖我心；知你不在，世间万物皆如冰。

　　冯寿常病逝的消息传回家中，朱彝尊终于不堪重击。

　　心爱之人与世长辞，这让朱彝尊难以接受，他抱病不起。生虽难以复见，但至少知道我们共在人间，如今，这个世界没有了你，也就没有了"我们"。

　　经一场大梦，见满眼山花烂漫，如见故人，喜极而泣。经一场梦醒，手悬当空握一把苍凉，别了故人，宁愿无爱也无好。

　　朱彝尊不断回想两人曾经美好的画面，不愿相信心上人的离世。

　　他整理心绪，用心创作并整理了《风怀二百韵》，以冯寿常的小字分别取名为《静志居诗话》和《静志居琴趣》，其中的文字尽表了两人曾经的美好时光，和他对心上人的无限哀思。

　　至此，他们的爱情终于见了光，只是冯寿常却没能等到这一刻。

在世人眼中，《风怀二百韵》是不伦艳词。可在朱彝尊心里，它是珍贵的爱情回忆。

失去了心爱之人的朱彝尊寄情于诗文，友人劝他将此部分删减，因这本就是禁忌之恋，又颇为香艳，终是负面的，如果将来流传于后世，这也是一块污点。

世间男子大多爱功名，何况一生热爱诗文的文坛学者朱彝尊。

他翻看集册，几度欲删却不忍，夜里辗转反侧，最终表态："宁不食两庑特豚，不删《风怀二百韵》。"

他甘愿触犯世俗礼教，宁可放弃文坛的最高荣誉——享有陵祀孔庙的荣誉，也要留下这段爱情的痕迹。

因为世人皆不是"思往事，渡江干，青蛾低映越山看。共眠一舸听秋雨，小簟轻衾各自寒"的主角，其中偏爱又怎可知？

直至晚年，一代文坛大家，一生成就斐然，却因为这段感情让他备受争议。往事已如尘烟，世人皆惋叹，可雨夜复醒，这份爱情于朱彝尊来说，终是有憾而无悔的。

曾诉幽情立烟屿

——乾隆和富察皇后

浮云吹作雪,世味煮成茶。历大梦一场,未醒泣绝。只因繁华于梦,未睁眼便已知是梦外。日光大好,繁花更胜,却独独没有你,万花万象中我醒来已失明。

恭和皇祖圣祖仁皇帝御制避暑山庄三十六景诗 其十八天宇咸畅

〔清〕弘历

琪树琼田封陟居,元君驻驾玩清虚。

旋促鹤御返瑶池。别离初,神仙侣,

曾诉幽情立烟屿。

心爱之人如今被赐居高处,恩爱相隔后唯一的陪伴是孤独。不过爱人的离世是神归天庭。离别的时间想必不会太久,两人注定会在天庭重逢再成眷侣,续写我们曾经在烟波缭绕的洲屿上互诉的衷情。

相比起其他文坛大家的作品,这首情诗的出处更为特别,它出自大名鼎鼎的一代帝王乾隆皇帝之手。

世人皆有爱，君王也有情。乾隆自古便有"风流天子"的称谓，后宫佳丽三千，纵然有情却也难以专情。且专宠是后宫大忌，故而不怕帝王多情，只怕帝王专情。

然而，情不知所起，一往而深。

皇帝纵有最高权柄，坐拥万里河山，却也有"英雄配美人"那般的柔情。纵有佳丽三千，却不如有知己一个。直至遇到了富察氏，乾隆皇帝才真正拥有了一个与自己相知相爱的人。

富察氏出身名门——满洲上三旗之一，镶黄旗。

富察氏的祖上军功赫赫，为历朝重臣。曾祖父战功卓越，是皇太极在位之时的重臣名将。祖父也深受康熙器重，列为亲臣。父辈更是为君分忧的贤臣，官至察哈尔总管。

富察氏的祖辈世代传承皆为忠孝良臣，她显然是含着金汤匙出生的。她自幼便受到正统礼法思想的教化，知书达理，且精通书画，在同龄人中可谓出类拔萃。

而出身显赫的富察氏更生得端庄秀美。朝堂过后，闲谈的父辈们论起子女皆对其赞许有加。

当雍正还是雍亲王时，曾到访李府，时逢9岁的富察氏正在书房练字。父亲赶紧让姑姑带格格下去，雍亲王见状却并不避嫌，拿过她写的字看了起来。

只见富察氏所写的字柔中带刚，又略带洒脱意味，雍亲王回过头来看看她，再转回头看手中的字，意味深长地点头称赞。这个9岁小姑娘的内秀,从此被雍亲王看在眼里。

在雍亲王众多的子嗣中,弘历甚得父亲欢心。他虽然出身高贵,却丝毫未沾娇贵之气。幼儿时看到乳娘费力提水,他踉跄地前去帮忙,可爱的样子惹得众人哈哈大笑。雍亲王心中暗想,和其他兄弟相比,弘历过于懂事和感性。前几日还曾看过他不停地抚摸着死去的宠物,不过几岁幼儿却流露出悲戚之色,他日是否可堪重任?

雍亲王指着从李府拿回的富察氏的小字对弘历说:"这不过是一个9岁小姑娘的字迹,柔中带刚,虽娟秀却有山河气魄!你可要多学习才是。"

弘历年少,尚不知这位富察氏是何许人也,但是他拿过父亲递来的字,认真端详了一番,学着大人的模样点了点头,却注意到书写的内容正是苏轼的《水调歌头》:

明月几时有?把酒问青天。不知天上宫阙,今夕是何年。我欲乘风归去,又恐琼楼玉宇,高处不胜寒。起舞弄清影,何似在人间。

转朱阁,低绮户,照无眠。不应有恨,何事长向别时圆?人有悲欢离合,月有阴晴圆缺,此事古难全……

显然这是一首未抄写完的诗作,弘历拿在手上,心里不自觉地默诵着:"但愿人长久,千里共婵娟。"

似乎冥冥之中已有定数,即便他现在不知,这个9岁的小姑娘将是他一生挚爱。

雍正五年（1727年），弘历17岁，富察氏16岁。亭亭玉立的少女富察氏如今落落大方，貌美如花，且才学一流，知书达理，她早早地就被雍正选定为心中的儿媳了。

他见富察氏眉间清秀却宽，断定是个仁厚正义的姑娘，年纪虽轻却气度非凡，从幼儿时候的内秀，到如今的落落大方，他觉得这绝对是个不平凡的姑娘，遂指给弘历做嫡福晋，希望她未来好生辅佐弘历，做好贤内助。

神态温婉，目光清澈，富察氏安静的气质十分出众。她也知自己福气不浅，能被皇帝亲自指婚，赐予四皇子弘历为嫡福晋，这是何等的荣光！而二人的大婚也可谓空前盛大。

洞房花烛夜，微醺的弘历挑开红烛之下的红盖头，眼前的富察氏容颜初现，美若天仙。弘历浅浅一笑，未曾对富察氏说话却吟道："但愿人长久，千里共婵娟。"

富察氏不解，弘历柔声道："你当年的《水调歌头》明明还差这两句。"说罢，定睛向富察氏的脸庞望去。她蓦地想起少年时有幸曾被皇上夸奖的那幅字，却不知四皇子怎知她未写完的两句诗。

正想着，她抬头望向弘历，目光与之相遇，一抹温柔如海，淹没了心跳。空气仿佛凝固，烛光之下的弘历远远地站在那里，气宇轩昂，天之骄子，不怒自威，此时却像一幅油画，富察氏的脸渐渐红了，她望去的这一眼，仿佛窥见了一世的守候。

婚后的两人情意绵绵，在渐渐相知中真正地爱上了彼此。富察氏不曾想过，在帝王之家也能得遇知音。

二人闲时吟诗作对，忙时斟茶磨墨，白日里举案齐眉，夜半时花前月下，好不快活！

日月更迭，时光飞逝，弘历在25岁正式登基即位，即乾隆皇帝，他册封富察氏为后（孝贤皇后）。

多年恩爱不减，两人已育有一子，名为"永琏"。初为人母的富察皇后将爱子捧在手心，细心呵护。儿子也颇为争气，自幼勤奋好学，甚得父皇喜爱。

乾隆自号为长春居士，迁至宫中后亲自为富察皇后选址做寝宫，并赐居所名为"长春宫"，且将先帝雍正赐予他们的圆明园处故居也赐名为"长春仙馆"。

乾隆帝用心爱着富察皇后，富察皇后也一样爱着他，但她也明白，眼前的爱人如今贵为天子，她爱的是这天下最不能专情的人。然而，她却不知，这个多情之人为她钟情一生。

富察皇后母仪天下，颇具贤能，总是能为乾隆皇帝分忧。他日乾隆曾盛赞"历观古之贤后，盖实无以加兹""九御咸备位，对之吁若空"。

世人眼中，他是皇帝，她是皇后。可在他们彼此眼中，对方还是自己的心爱之人，是枕边知音。

奈何，天道忌全。少年初成的爱子永琏，只因偶染风寒却不幸离世，上天无情地带走了那个9岁的少年，也一并惊醒了尚在幸福中的夫妇二人。

乾隆五日未临朝，富察皇后长卧病榻不得起。

她在他怀里恸哭，此时的她只是一个失去了孩子的母亲，他则是一个抚慰悲痛妻子的夫君。乾隆伤心落泪，紧紧抱住富察皇后，告诉她永琏只是去了仙宫，不久就会回来。

日月轮回，富察皇后从以泪洗面到心伤渐渐得以抚慰。

终于，一个好消息慰藉了她的悲伤，"永琏又回到了自己的怀中"——她再次怀孕了。此番她更加小心翼翼，历经十月怀胎，一朝辛苦诞下小皇子，取名永琮。

乾隆下朝后便移驾长春宫，看望皇后和幼子。

富察皇后尤爱茉莉，她说茉莉花色洁白，叶色翠绿，香味浓厚得让人心有归处，且无艳压群芳的华贵，反而清雅安静，香溢一隅。

以往，乾隆听了总是要心疼并斥责几分的：皇后怎可安于香溢一隅？还要多为朕分忧才是。而此时，他却布置花房，终日培育茉莉，花开即送长春宫，只要皇后欢喜。

经历了一个儿子的离世，富察皇后如同惊弓之鸟。不到两岁的永琮病了，心慌的她便日夜不合眼，守在床前，害怕再次失去儿子，她疲劳到精神开始恍惚，见到乾隆便泣不成声。

然而，令人悲伤的是，永琮还是在她的守护中被天神接走了。

如果说爱情是一个女人的灵魂，那么孩子则是一个女人的心脏。被掏了两次心的富察皇后终于一病不起，在一个初春永远离开了人世，离开了她的四郎弘历，告别了她的长春宫……

浮云吹作雪，世味煮成茶。历大梦一场，未醒泣绝。只因繁华于梦，未睁眼便已知是梦外。日光大好，繁花更胜，却独独没有你，万花万象中我醒来已失明。

爱子接连殒命，心爱之人香消玉殒，乾隆皇帝的精神世界一度崩塌，尽管他是一代君王，可君王也有泪，伤也会痛入骨髓。他在夜深时推开窗，望着白雪间的红梅，忆起曾经元月时，提灯看雪佳人笑，终于忍不住掩面而泣。

帝王的爱，从此只留给了他心中那个9岁的小女孩。她欠他一句"但愿人长久，千里共婵娟"。

乾隆治国六十年，国泰民安，歌舞升平，大清王朝进入了全盛时代。

却唯独他自己心中有缺憾。据悉，他一生所作诗篇多达4万首，其中最经典的诗作主题始终如一——怀念富察皇后。

  影与形兮离去一，居忽忽兮如有失。
  对嫔嫱兮想芳型，顾和敬兮怜弱质……
  睹新昌而增恸兮，陈旧物而忆初。
  亦有时而暂弭兮，旋触绪而唏嘘。
  信人生之如梦兮，了万世之皆虚……

春风秋月兮尽于此，夏日冬夜兮知复何时？

乾隆在《述悲赋》中写道，自从心爱之人离开后，他内心孤单，无处可依，夜半寒冷，惊醒不成眠。如此可见，多情的乾隆皇帝也有他的专情，这份情令人唏嘘、感伤。

乾隆下旨：长春宫中的所有陈列都要保持原貌。每年的富察皇后忌辰，他从心爱人墓前归来，都会来到这里独坐凭吊。往事历历，行之不远；思念如刀，刀刀剜心。

乾隆二十年（1755年）二月，至孝贤皇后陵奠酒。
乾隆三十一年（1766年）二月，至孝贤皇后陵奠酒。
乾隆四十一年（1776年）二月，至孝贤皇后陵寝奠酒。
乾隆四十一年（1776年）七月，上命皇十五子颙琰祭孝贤皇后陵。
乾隆五十二年（1787年）二月，至孝贤皇后陵奠酒。
乾隆六十年（1795年）闰二月，至孝贤皇后陵酹酒。
……

乾隆直到退位，成为太上皇，心中对富察皇后的思念也从未停止过。

富察氏虽贵为皇后，可她所嫁之人不仅仅是帝王，更是一个爱她、惜她的有情人。她可能不知，当年洞房花烛夜的深情一眸，已是三生注定。一朝心上人，终生不负卿。她爱上了这天下最不能专情的人，却不知这多情之人却为她钟情一生。

似此星辰非昨夜，为谁风露立中宵

——黄景仁与表妹

最好的爱情，不是完美无憾，而是你来了以后，再也没走，你离开以后，如期而归。可我等到了你的爱情，却没有等到你。

绮怀十六首·其十五
〔清〕黄景仁

几回花下坐吹箫，银汉红墙入望遥。
似此星辰非昨夜，为谁风露立中宵。
缠绵思尽抽残茧，宛转心伤剥后蕉。
三五年时三五月，可怜杯酒不曾消。

几度坐在花下吹箫，看伊人的红墙近在咫尺，却又像天上的银河那般遥远只能遥望。眼前的星辰已非昨日星辰，我是为了谁在这风露中伫立整整一夜呢？

缠绵的情思蔓延，就像那抽丝蚕茧，宛转的心也像剥了皮的芭蕉。念起伊人十五岁时的月圆夜，可叹我手中的这杯酒竟然不可消愁。

诗中的"伊人"即是黄景仁的表妹。

黄景仁曾同她青梅竹马、两情相悦，但故事却仅有一个温馨的开始和一个无言的结局。正因如此，才有隐隐约约的感伤笼罩着《绮怀》。

这种感伤，被那种无法忘怀的甜蜜回忆和苦涩的现实纠缠着，而后酒入愁肠，化作相思泪。

他们曾在明月下相伴，小酌清酒。星辰虽美，却已不似昨夜，回忆再美，终究不会重来。

黄景仁，号鹿菲子，他是黄庭坚的后人。他出身于书香门第，才学不浅，家里虽不富裕，但重礼教。他自幼被父母教导要志存高远、直上云霄。然而天性所致，多情的黄景仁却心性柔软。

幼时，表妹来家中做客，这个梳着两条麻花辫的小姑娘，因为打翻了用人茶杯而连连道歉，因此被黄景仁格外关注。

因为家中教导，黄景仁自幼便知书达礼，备受家人称赞。如今这个远方来的小姑娘虽是个女儿家，但也和自己一样遵规守矩，落落大方，这不禁让他另眼相待。

黄景仁尽"地主之谊"，邀表妹去花园的墙角捉蝴蝶、挖泥土。正玩得不亦乐乎时，表妹的羊角小辫碰到黄景仁，它们搔着自己的脸蛋，他看看表妹的头发说："你可真可爱！"两个小家伙咯咯咯地笑了起来。

表妹从家中离开时，他依依不舍，拽着表妹的小手不放开，父亲则宽慰道："妹妹以后的住所离我们不远，可以时常来玩。"黄景仁一听，乐开了花，拍拍妹妹的小肩膀："下次来，我们去池塘捉泥鳅！"

时光飞逝，青梅竹马的黄景仁和表妹渐渐长大，他已经在父母的安排下开始上学堂，学习读书作文。

可表妹身为女儿家，且家境普通，就只能学些女红刺绣。

黄景仁聪明勤奋，总能在学堂里第一个做完功课，并得到先生的夸奖。他和表妹讲起这些时总是眉飞色舞，可表妹却低头不语。

小姑娘喃喃地说："我听不懂，但我也想像你一样有学问。"

于是，他们的玩耍从小时候的捉蝴蝶、抓泥鳅，变成了读书、识字。他教表妹握笔的姿势，教她写两个人的名字。表妹总是把"景仁"二字写得很美。

岁月匆匆，黄景仁成了翩翩少年郎，意气风发，而表妹也出落成玉立的少女，颇令人惊艳。

他们还像以前一样，黄景仁在两家人的往来中继续教表妹读书识字，累的时候他们便一起下棋。

桃花树下酌清酒，应有佳人才子行。

两人已然到了情窦初开的年纪，幼时青梅竹马的成长经历让他们自然而然地走到了一起。黄景仁温柔地握住表妹的手，承诺以后非她不娶，表妹两颊绯红，紧紧依偎在他的怀里，就此两人私订终身。

转眼间,黄景仁17岁了,家人为他安排好了求学之路,他即将起程远行。黄景仁和表妹早知道必然会有这一天,不过短暂的分别并不能改变他们的情意。

临行前夜,黄景仁偷偷约表妹出来,将自己平日的贴身小扇送给她。见表妹眼圈泛红又一时语塞,此时就连满腹才华的黄景仁在爱情面前也顿感词穷,忖度半晌,他才温柔地对表妹说:"别无相赠言,沉吟背灯立。半晌不抬头,罗衣泪沾湿。"

从未远行过的黄景仁拉住表妹的手,他眼神坚定地点头承诺道:"我定速去速回,定不会让你苦等!"

表妹再难控制自己的情绪,抽泣不已。他们从小一起长大,从未分离。如今心上人就在眼前,却是临别相见,但又见黄景仁如此笃定,也深知他不是说空话的人,只能深深点头。

然这一去,千山万水。日月轮转,时光却从未缩短每日的时辰。

黄景仁刻苦读书,只想快些学成而归。而表妹则日思夜盼,猜着黄景仁口中所说的速去速回,也许是下个月,也许是下半年……一年、两年、三年,时光如此快,也如此慢……

转眼已是一年光景有余,几百个日夜在黄景仁无尽的思念中慢慢游过。他终于求学归来,一路风尘仆仆地赶回家中。

顾不得卸下行囊,他第一时间就打听了表妹的消息。

然而得到的消息却犹如晴天霹雳：表妹在他走的当年就因为家中生活遇难——母亲撒手人寰，而被父亲无奈地卖到杭州做歌伎。

黄景仁听罢，心头一紧，好像被什么利器突然击中，霎时大脑一片空白，只有清晰的痛感在持续着……

他一想到表妹娇柔清纯的模样，再联想到觥筹交错的风尘之地，不由得闭紧了双眼。他日思夜盼的心上人无力与命运抗争，而他却身处远方无法保护，想到这里，他顿生悔意，恨自己当年为什么要远行求学，心口止不住地痛着。

夜里，黄景仁高热，朦胧中他好像看到了表妹的羊角小辫，它们碰到自己的脸，柔柔的，痒痒的，他忍不住去搔痒，而后与表妹一起咯咯咯地笑个不停……

睁开眼，原来是一场梦。

母亲正在床边伺候着，拿着热毛巾为自己擦脸。他滚烫的泪珠夺眶而出，央求母亲让自己去杭州看望表妹，母亲疼惜儿子，便点头应允。

她过得好不好，可曾滴泪到天明盼他早些归来？怪不得这三年来，寄出的书信从未收到回应，原来她早已不在那个地方。他来不及想更多，即刻启程去杭州寻她。

母亲说表妹被卖到杭州一位官员的府上做歌伎。他一路辗转，逢人便打探，终于来到那位官员门前。

黄景仁自称是远道而来的亲戚，遂被允许探亲。历经一番波折，黄景仁总算与思念之中的心上人相见。

只见眼前的表妹已经成了风姿不凡的美人,娇艳动人,身着彩衣,耳坠玲珑。还没等黄景仁开口,表妹嘴角一动,一抹甜笑一如当年。

黄景仁万分激动,恰如他在《感旧》中所写:"别后相思空一水,重来回首已三生。"或许是饱经沧桑,表妹少了当年的几分稚嫩,也自知如今的自己和表哥再难续前缘。她宽慰黄景仁:"我们各自安好,能够再见已是恩赐。"黄景仁眼中泛泪,强忍着不让它流出,他想要尽自己的努力赎回表妹。

可那位官员早已看中表妹的姿色,一心想要纳其做妾。而这两年表妹也深知,家中主人是个花花公子,他是青楼常客,对家中侍妾喜新厌旧,酒后更是喜怒无常。

她一直拒绝,惹得家中主人十分不高兴,更是不准她将卖身契轻易赎回。黄景仁得知这一切后,对表妹承诺,给自己一些时间回去想办法,他一定会回来接她。

这样的场面和三年前有些相似,也是一个晚上,一个承诺,一个转身,一场空梦。这次表妹没有哭,而是浅浅地一笑,但她仍然点点头,或许是她对爱情还心存向往。

生活,让这个姑娘尝到了失望,也学会了坚强。

黄景仁回到家中与父母坦白了心意,他恳请父母为他完成心愿,但却遭到父母的拒绝。黄家虽不是官宦之府,但绝不允许自己的儿子娶一个落入风尘的女子。

"一入侯门深似海,从此萧郎是路人。"母亲流着泪劝说儿子,希望他能以大局为重,放弃冲动的想法。

一路辗转奔波,求而不得,黄景仁再次病倒,茶饭不思。

儿大不由娘,母亲见他这般颓废,又那么固执,心疼至极。最终她拗不过儿子,勉强答应他尝试前去赎回,可是即便回到家中,也只能为奴为婢,万不能为妻做妾。

黄景仁来不及细听什么妻妾奴婢,只要能将表妹带回到自己身边就够了。他快马加鞭,日夜兼程赶去潘府。

可谁知天意弄人,当他风尘仆仆地来到官员府上说明来意后,才从管家口中得知,因为表妹拒不从婚,不愿做大人的侍妾,惹怒了大人,那位大人盛怒之下以不菲的价格将她卖给了一个盐商。

据说,这个盐商来家中送货时,见过表妹一面后就差点害了相思病,三天两头地给府上续盐……管家再往下说什么,黄景仁已经无心再听,他忽然感到精疲力竭。

失魂落魄的黄景仁回到家中,同行的小书童告诉了夫人此番公子经历的一幕幕。母亲听了无奈地感叹着,她来到儿子房中想宽慰几句,却见他目光呆滞,无欲无求的样子,终是什么都没说,放下一碗面便走了。

几日后,母亲一改愁容,对黄景仁说:"赵家小姐尚未婚配,面容姣好,知书达理,是个贤内助!"

没过多久,黄景仁按照父母之意迎娶了赵家小姐。赵氏烧得一手好饭菜,笑起来十分可爱,她对黄景仁说,自己定会做个好妻子,照顾好公婆……景仁不语。

至此，黄景仁再也没有见过表妹。

他的初恋被迫结束，他的内心犹如刀割。他甚至不敢回想曾经的美好，因为回到现实他将痛感加倍。

而表妹被卖给了盐商后，过起了寻常妇人的生活，只是盐商的脾气不太好，酒后心情不顺时偶尔会动手打她。

只因为她长得过于美丽，盐商总说她是红颜祸水，更不允许她见外人，尤其是男子。

表妹时常回想起他与黄景仁的第二次见面，黄景仁让自己等她，这一次她明明又点头了。

望着晚归的大雁，表妹心生苦笑，只觉得造化弄人。

今生今世身在两端。黄景仁积郁成疾，三十五岁便早早地离开了人世。无人知其病的源起，只在整理其遗物时发现，书的夹页处有一幅草图，上面画着两个孩童：一个小姑娘正在捉蝴蝶，模样十分可爱，而她身边站着一个小男孩。

一只归雁突然哀号，在空中拼命扇动几次翅膀，直坠下去——它被猎人的箭射中，不幸在归途中丧命。表妹倚在门前正好看到了这一幕，她流下清泪。世间有多少相爱之人不能厮守，只能眼看着对方受伤却无能为力。

最好的爱情，不是完美无憾，而是你来了以后，再也没走，你离开以后，如期而归。可我等到了你的爱情，却没有等到你。

问世间情是何物，直教生死相许。表妹仰头灌下一杯烈酒，独自品味着这百味人生……

图书在版编目（ＣＩＰ）数据

古诗词中的绝美情书 / 卿一编著.
— 武汉：长江出版社，2020.12
ISBN 978-7-5492-7524-3

Ⅰ.①古… Ⅱ.①卿… ②文… Ⅲ.①古典诗歌—诗歌欣赏—中国 Ⅳ.① I207.2

中国版本图书馆 CIP 数据核字（2021）第 020307 号

古诗词中的绝美情书 / 卿一 编著

出　　版	长江出版社
	（武汉市解放路大道 1863 号　邮政编码：430010）
选题策划	天河世纪
市场发行	长江出版社发行部
网　　址	http://www.cjpress.com.cn
责任编辑	李剑月
印　　刷	三河市腾飞印务有限公司
版　　次	2020 年 12 月第 1 版
印　　次	2021 年 3 月第 1 次印刷
开　　本	880mm×1230mm　1/32
印　　张	9
字　　数	190 千字
书　　号	ISBN 978-7-5492-7524-3
定　　价	48.00 元

版权所有，盗版必究（举报电话：027-82926804）
（如发现印装质量问题，请寄本社调换，电话：027-82926804）